JN077093

二見文庫

親友の妻は初恋相手

葉月奏太

目次

親友の妻は初恋相手

第一章　親友の妻の筆おろし

1

一月十六日、土曜日の朝――。

突然、激しい電子音が鳴り響いた。小島陽二郎《こじまようじろう》は慌てて枕もとを探ると、目覚まし時計のアラームを切った。

「ううんっ……」

ベッドで横になったまま、大きく伸びをした。

時計の針は九時を指している。休日はだいたい昼近くまで寝ているが、今日は大切な用事があるので早起きした。

陽二郎は二十六歳の会社員だ。オフィス用品を扱う小さな商社に就職して、今年で四年目になる。人と話すのが苦手だが、それでもなんとか営業職でがんばってきた。

自分には向いていないのではと悩み、辞めようと思ったこともある。だが、なんとか踏んばってきたことで、もしかしたら運が向いてきたのかもしれない。後輩社員の高杉七海《たかすぎななみ》とつき合うことになったのだ。

七海は三つ年下の二十三歳で、入社当初から陽二郎が教育係として仕事を教えてきた。とはいっても、陽二郎も仕事ができるわけではないので、いっしょに成長してきた感じだ。

そんな経緯もあり、奥手の陽二郎でも、七海とだけは緊張せずに話せるようになっていた。

仕事終わりにふたりで食事に行くことが度々あり、自然と距離が縮まっていった。しかし、そこからが長かった。というのも、陽二郎は女性と交際経験がなく、恋愛に疎《うと》かった。

過去に一度だけ告白しようと思った女性がいる。

あれは大学時代のことだ。はじめて心から好きになった人だった。思えば、あれが初恋だった。

彼女のことを思うと夜も眠れなくなり、もう気持ちを伝えるしかないと決意した。ところが、直前になって、やはり勇気が出ずに断念した。そして、その女性はほかの男とつき合いはじめてしまった。

告白もせずに失恋したのだ。その苦い経験がトラウマとなり、ますます奥手になってしまった。

七海との関係は進展しないまま月日が流れた。明るくて愛らしい七海に惹かれていたが、どうしてもあと一歩が踏み出せなかった。

ところが一カ月前、会社の忘年会があり、ふたりの関係は大きく進展した。七海が飲みすぎたため、陽二郎がアパートまで送ったのだ。肩を貸して歩いていると、突然、七海がキスをしてきた。唇の表面が軽く触れるだけの口づけだが、その衝撃は大きかった。

なにしろ、それが陽二郎のファーストキスだ。まだ童貞の陽二郎にとって、愛らしい後輩社員との口づけは刺激的だった。

――いつまで待てばいいんですか？

あのとき、七海はそうつぶやいた。

彼女は告白されることをずっと待っていたのだ。酔った勢いで言うと、黒目がちの瞳に涙を浮かべた。

——女にこんなこと言わせるなんて。

涙をこぼして怒る七海がかわいかった。

それでも、陽二郎は告白できずに固まっていた。すると、驚いたことに七海は再び口づけしてきた。

——わたしとつき合ってください。

一瞬、自分の耳を疑った。

七海の気持ちはわかっていた。あとは自分が決断するだけだと思っていた。だが、彼女のほうから告白してくるとは。思い悩んだすえ、酒の勢いを借りたに違いなかった。

陽二郎はぎこちなくうなずいた。

その瞬間、二十六年の人生ではじめて恋人ができたのだ。極度の緊張で、頭のなかがまっ白になってしまった。

この日、七海はかなり酔っていたため、アパートに送り届けただけで早々に帰宅した。

その後、何度かデートを重ねているが、まだキス以上のことはしていない。なにしろ、童貞なので次の一歩を踏み出すのに勇気がいる。それに、がっついていると思われたくなかった。

(でも、一カ月経ったことだし……)

陽二郎は脳裏に七海の顔を思い浮かべた。

そろそろ次の段階に入ってもいいのではないか。今夜あたり、タイミングを見て迫ってみようなどと考えていた。

とりあえず、ベッドから起きあがる。顔を洗って着替えると、コーヒーとトーストで簡単な朝食をすませた。

部屋を簡単に掃除する。八畳のワンルームは、もともと物が少ないため、それほど散らかっていない。窓際にベッドがあり、卓袱台《ちゃぶだい》とカラーボックス、それに小型のテレビがあるだけだ。

卓袱台の上に、コンビニ弁当の空容器やペットボトル、それに雑誌などが置いてある。フローリングの床には、うっすら埃がたまっていた。卓袱台の上を片づけて、床に掃除機をかけた。

(なんか、緊張してきたな)

七海がこの部屋に来るのは二回目だ。

はじめて来たのは先週だが、押し倒す勇気はなかった。もしかしたら、彼女は待っていたのかもしれない。しかし、陽二郎は童貞だ。やりたい気持ちは山々だが、行動に移すためには心の準備が必要だった。

(今日はいけるぞ)

もうシミュレーションはできている。

七海をベッドに座らせて、雑談をしながら肩を抱き、そのまま押し倒すつもりだ。きっと彼女も受け入れてくれると信じていた。

だが、ふたりきりになる前に、ひとつ大きなイベントがある。友人の竹原大悟《たけはらだいご》が、妻の麻里奈《まりな》を連れてここに来ることになっていた。

ふたりとも大学時代の同級生で、三人でよく遊んだ仲だ。大悟とはなぜか馬が合い、親友と呼べる存在だった。

かねてから恋人ができたら、ふたりに紹介すると言っていた。

しかし、いざとなると気が進まなかった。どうしようか迷っているとき、街で大悟にばったり会ってしまった。

あれは、二週間前の土曜日のことだ。

七海とふたりで初詣に行った帰りだった。気まずさを押し隠し、その場で恋人ができたことを報告して、七海を紹介した。そして、せっかくだからと三人で喫茶店に入り、小一時間ほど話をした。

——陽二郎に彼女ができたんだ。麻里奈にも会わせないとな。

大悟にそう言われると断れなかった。

だから、今日は七海を麻里奈に紹介するのが目的だ。しかし、そのことを考えると複雑な気持ちになってしまう。

午前十時すぎ、インターホンのチャイムが鳴った。

「はい」

壁に取りつけられている液晶画面に向かって話しかける。そこには満面の笑みを浮かべた七海が映っていた。

「七海です」

「いらっしゃい。今、開けるよ」

陽二郎は急いで玄関に向かうとドアを開ける。すると、白いダウンコートを着た七海が立っていた。

「おはようございます」

セミロングの黒髪を揺らしながら笑いかけてくる。

「おはよう。どうぞ、入って」

七海を部屋にあげると、ベッドに座るように勧めた。

ダウンコートを脱いだ七海は、赤いチェックのミニスカートと黒いハイネックのセーターを着ていた。セーターは身体にぴったりフィットするデザインで、乳房のまるみが生々しく浮かびあがっている。目のやり場に困り、陽二郎はキッチンに向かった。

「コーヒーでいいかな」

「うん。お願いします」

七海はニコニコしながら返事をした。

まるでアイドルのように愛らしい女性だ。改めて考えると、彼女とつき合っていることが不思議に思えてくる。陽二郎はやかんを火にかけながら、背後をチラリと見やった。

「テレビつけてもいいですか」

目が合うと、七海が尋ねてくる。その手にはすでにリモコンが握られていた。

「いいよ。ゆっくりしててね」

陽二郎はマグカップをふたつ出すと、インスタントコーヒーの粉を入れて準備をする。そのとき、再び七海が声をかけてきた。

「小島さん――」

彼女は陽二郎のことを「小島さん」と呼ぶ。出会いが職場なのでその延長になっているが、できれば恋人らしい呼び方をしてほしい。いつか下の名前で呼んでくれることを密かに期待していた。

「大悟さんの奥さんって、どんな人なんですか？」

今日これから会う麻里奈のことが気になるようだ。

「麻里奈ちゃんは物静かで……やさしい人だよ」

少し悩んだすえ、陽二郎はそう答えた。

胸の奥がチクリと痛むが、抱えこんでいる後悔に気づかない振りをする。過去のことを悔やんでも仕方ない。麻里奈のやさしさが、ほかの男に向けられていると思うと、もやもやした気持ちになった。

「ふうん……」

七海は首をかしげるようにして、なにか考えている。そして、しばらくして再び尋ねてきた。

「わたしとは全然違う感じですか？」

「そうだね。七海ちゃんは元気な感じだけど、麻里奈ちゃんは落ち着いた雰囲気の人だよ」

「大悟さんは、そういう人が好きなんですね」

深い意味はないだろう。七海がつぶやいた言葉が、またしても陽二郎の胸をチクリと刺激した。

やかんの湯をマグカップに注いでいるとき、スマホの着信音が響き渡った。

「あっ、実家からだ。ちょっと出ますね」

七海はスマホを手にすると、陽二郎に断ってから電話に出た。

「もしもし……えっ！」

声のトーンが高くなる。七海は驚いた様子で目を見開き、すぐにそわそわしはじめた。

「それで大丈夫なの？」

いったい、なにがあったのだろう。心配そうに問いかける。とにかく、急な事態が起きているのは間違いなかった。

「うん……うん……わかった。すぐに帰るから」

七海は電話を切ると、不安げな瞳を向けてきた。

「なにかあったの？」

「今、お父さんから、お母さんが倒れたって……ただの過労だって言ってるけど、やっぱり……」

「それは心配だね。すぐに行ったほうがいいよ」

彼女の実家は千葉だ。それほど遠くないと聞いているので、すぐに向かうべきだろう。

「大悟たちには俺から説明しておくから」

「はい、すみません」

七海は申しわけなさそうに言うと、そそくさと帰っていった。

2

午前十一時少し前、インターホンが鳴った。

時間どおりだ。七海が帰ってすぐにメールを送ったが見ていないらしい。陽二郎はインターホンに出ることなく、直接、玄関に向かうとドアを開けた。

「よう、来たね」

そこには大悟と麻里奈の姿があった。

並んで立つふたりの姿を目にしたとたん、胸が締めつけられる。だが、懸命に平静を装って軽く声をかけた。

「元気だったか。って、この前、会ったばっかりだけどな」

大悟が楽しげに声をかけてくる。その隣では、グレーのコートを着た麻里奈が微笑を浮かべていた。

「陽二郎くん、久しぶり」

昔と変わらぬ透きとおった声だった。

学生時代、この清流を思わせる声で名前を呼ばれるたび、陽二郎は密かに胸をときめかせていた。今となっては遠い昔の話だ。

「う、うん、久しぶりだね」

自然に笑ったつもりだが、上手くいっただろうか。

じつは、ふたりが一年前に結婚してから、あまり会っていない。何度か食事には行ったが、なにかと理由をつけて断ってきた。ふたりの幸せそうな姿を見るのがつらかったのだ。

「なかに入れてくれよ。風邪を引いちまうよ」

「あっ、ごめん、どうぞ」

大悟に急かされて、陽二郎は慌ててふたりを招き入れた。

「あれ……七海ちゃんはまだか？」

ベッドに腰かけた大悟が尋ねてくる。

麻里奈もコートを脱ぎながら不思議そうに首をかしげた。焦げ茶のプリーツスカートに白いブラウスという清楚な格好だ。やけに眩しく見えて、陽二郎は思わず視線をそらした。

「メールしたけど、やっぱり見てないか。じつは、七海ちゃんの実家から電話があってさ」

陽二郎は卓袱台の横で腰をおろして胡座《あぐら》をかくと、先ほど七海から聞いた電話の内容をそのまま伝える。そして、頭を深々とさげて謝った。

「わざわざ来てもらったのに、なんかごめん」

「謝らないで。お母さまが倒れたんだもの、それは心配よね。落ち着いたら、日をあらためて紹介してくれればいいんだから」

すぐに麻里奈が気を使ってくれる。

こういうやさしさに惹かれたのかもしれない。じつは、かつて麻里奈に恋をしていた。

目の前にいる麻里奈こそ、陽二郎の初恋の人だった。

奥手の陽二郎が、唯一、告白しようとした相手だ。しかし、実際は勇気がなくて想いを告げることはできなかった。そんなことをしているうちに大悟がアタックして、ふたりはいつの間にか交際をはじめていた。

それを知ったときはショックだった。

初恋の女性が、あろうことか親友とつき合いはじめたのだ。これほど不幸なことがあるだろうか。ふたりは陽二郎の想いを知らないので、平気なフリをするしかなかった。

失恋の痛みは時間とともに薄れると思っていた。実際、七海とつき合いはじめたこともあり、ここのところ心は平穏だった。

完全に忘れ去ることはできないが、ある程度、心の整理はついているつもりでいた。しかし、麻里奈をひと目見た瞬間、恋心が再燃した。七海には悪いと思うが、やはり麻里奈のことが忘れられなかった。

「そんな大変なことになってたのか。俺たちはいつでも会えるんだから、それはお母さんを優先しないとな」

大悟も理解を示してくれる。まったく気を悪くした様子はない。だから、よけいに申しわけなく思ってしまう。

「悪いね。こんなことになって……」

「おいおい、謝るなって。ところで、おまえは行かなくてよかったのか？」

「ただの過労だって話だし、あんまりおおげさにしないほうがいいから」

「そうか。それならいいんだけどさ。とにかく、誰も悪くないんだから気にするなよ。今日は同窓会みたいなもんじゃないか。最近なかなか会う機会がなかったから、これはこれでいいんじゃないか」

ことさら明るい声で言うと、大悟が笑顔を向けてきた。

「大悟……ありがとな」

陽二郎も思わず笑顔になった。

麻里奈と交際をはじめたときは、大悟に嫉妬した。結婚したときには、もう顔も見たくないと思った。だが、こうして気を使ってくれると、やはり親友だと感じる。大悟はかけがえのない友だった。

「飯でも食いに行くか？」

大悟が提案したとき、携帯電話の低いバイブ音が響いた。着信音を消しているため、なおさらバイブ音が強調される。先ほどの七海の件があるので、なにかいやな予感がした。

「ちょっと、ごめん」

そう言うと、大悟はスマホを手に、キッチンのほうに向かった。

「もしもし、竹原です」

やけに口調が堅苦しい。どうやら、会社から緊急の連絡が入ったようだ。チラリと見える横顔は真剣そのものだった。

「えっ、それはまずいですね……はい……はい……」

なにか問題が起きたのだろうか。口調が切迫していた。

大悟はＩＴ関連の企業に勤務している。セキュリティに関する部署にいて、休日でも頻繁に連絡があるらしい。以前、気が休まるときがないと愚痴っていた。

「なんかあったのかな？」

間が持たず、陽二郎は小声で麻里奈に話しかけた。すると、彼女はなにやら不安げな表情で首をかしげた。

「わからないわ。呼び出しじゃなければいいけど……」

その言葉から察するに、休日の呼び出しはめずらしくないのだろう。妻としては、夫の体が心配なのかもしれない。

（そうか……そうだよな）

結婚しているのだから当然だが、腹の底から嫉妬が湧きあがってしまう。麻里奈に心配してもらえる大悟が、うらやましくてならなかった。

「はい、わかりました。すぐに向かいます」

大悟は深刻な表情で電話を切ると、麻里奈と陽二郎の顔を交互に見やる。そして、申しわけなさそうに話しはじめた。

「すまん。どうしても行かないといけないんだ」

「仕事だろ。仕方ないじゃないか」

陽二郎が声をかけると、大悟は小さくうなずく。先ほどまでとは雰囲気が一変していた。

「本当にすまん。もう行かないと」

「いったん帰るの？」

麻里奈が尋ねる。自分はどうするべきか迷っているようだ。

「いや、直接会社に向かうよ。顧客のパソコンがサイバー攻撃を受けてるんだ。

急がないと」

「わかった……」

それ以上、麻里奈はなにも言わなかった。

「じゃあ、悪いけど」

大悟は大慌てで出かけていく。そして、陽二郎と麻里奈のふたりきりになってしまった。

3

麻里奈はなにやら淋しげだ。

ベッドに腰かけたまま顔をうつむかせて、床の一点を見つめている。やはり、大悟がいないとつまらないのだろうか。

「なんか……大変そうだね」

陽二郎はポツリとつぶやいた。

黙っていると気まずくて、なにか話しかけなければと思った。しかし、麻里奈はうつむいたまま、思いつめたような表情をしている。やけに暗い表情なのが気になった。

「大悟、ずいぶん忙しそうだけど……いつも、あんな感じなの？」

「最近、よく呼び出されるの……平日も帰りが遅いことが多くて……」

麻里奈が答えてくれるが、またしてもむっつり黙りこんでしまう。

なにか様子がおかしい。だが、原因はわからない。とにかく、ふたりきりだと思うと、どうにも落ち着かなかった。

「コ、コーヒーでも入れようか。飲むでしょ？」

陽二郎は彼女の返事を待たずに立ちあがる。そして、いったん気持ちを落ち着かせようとキッチンに向かった。

やかんを火にかけながら、背後をチラリと確認する。麻里奈はベッドに腰かけたまま動かなかった。

先ほど七海が使ったマグカップを洗って、新たにコーヒーを入れて卓袱台に運んだ。

彼女の隣に座りたい。だが、ベッドに並んで腰かけるのはまずい気がする。でも、隣が空いているのに床に座るのも意識しすぎと思われそうだ。陽二郎は悩んだすえ、少し距離を置いてベッドに腰をおろした。

ベッドがギシッと小さな音を立てただけで、胸がドキリとしてしまう。それでも懸命に平静を装った。

「どうぞ……」

「ありがとう」

ふいに麻里奈が礼を言ってくれる。

思わず顔を見やると、穏やかな微笑を浮かべていた。どこか無理をしているようだが、とにかく気を取り直してくれたようでほっとした。

「この間、伊豆に行ってきたの」

きっと大悟とドライブにでも行ったのだろう。ふたりの仲睦まじい話など聞きたくなかった。

「へえ……」

陽二郎が気のない返事をすると、麻里奈はほんの一瞬、淋しげな笑みを浮かべた。そして、あらたまった様子で口を開いた。

「陽二郎くん、彼女ができてよかったね」

ふいに祝福されて胸の奥がズクリッと痛んだ。今でも麻里奈のことを想っているから、複雑な気持ちになってしまう。

（本当は、麻里奈ちゃんのことが……）

心のなかでつぶやくと虚しくなる。

今さら告白したところでどうにもならない。一年前に麻里奈は大悟の妻になってしまったのだ。大学生のときに告白できていれば、なにか変わっていたかもしれない。でも、そんなことを想像しても意味はなかった。

（バカだな……俺……）

自己嫌悪に陥ってしまう。今度は陽二郎のほうが黙りこむ番だった。

「彼女ができたお祝いを持ってきたの」

麻里奈はそう言って、自分のバッグのなかをのぞきこんだ。

（お祝いか……）

正直、複雑な気持ちになってしまう。

今でも本当に好きなのは麻里奈だ。その麻里奈から「彼女ができたお祝い」をもらって、うれしいはずがない。しかし、この気持ちは胸に隠しておかなければならなかった。

（麻里奈ちゃんは、大悟と結婚してるんだ）

どんなに想いを寄せたところで、麻里奈が親友の妻だという事実は変わらない。

もう手の届かないところに行ってしまったのだ。

「はい、これ」

麻里奈がバッグから取り出した物を差し出してくる。陽二郎は自分の気持ちを胸の奥に押しこみ、平静を装って手を伸ばした。

「ありがとう」

よく確認しないまま受け取り、直後にはっと息を呑んだ。

（こ、これって……）

手渡されたのはクマのぬいぐるみだった。

それを見て、陽二郎はますます複雑な気持ちになってしまう。このクマのぬいぐるみを忘れるはずがない。これは大学時代、陽二郎が麻里奈にプレゼントした物だった。

麻里奈のことが好きでたまらず、大学時代に告白しようと決意した。

あれは六年前、麻里奈の二十歳の誕生日だった。夜は大悟を交えて三人で誕生日パーティをすることになっていた。そのため、昼間のうちに麻里奈に会い、告白するつもりだった。

大学の近くにある喫茶店に麻里奈を呼び出した。テーブルを挟んで向かい合わせに座ると、緊張のあまり心臓がバクバクと激しく拍動して、今にも胸を突き破りそうだった。

黒髪が眩《まぶ》しいほどにキラキラ輝いていた。麻里奈の髪は今よりさらに長く、腰くらいまであったと思う。落ち着かない様子で髪に触れていたのを、まるで昨日の出来事のように覚えていた。

麻里奈もなにか異変を感じていたのかもしれない。いつになく無口で、それがなおさら緊張感を高めていた。

いざとなると言葉が出なくなってしまう。無言の時間がしばらくあり、陽二郎はコーヒーをとっとと飲みほし、さらにお冷やを口に運んだ。やたらと喉が渇いて、氷までガリガリ齧《かじ》った。

呼び出しておいて、なにも話さないわけにはいかない。陽二郎はクマのぬいぐるみを差し出した。

――こ、これ……お、お誕生日、おめでとう。

そう言うだけで精いっぱいだった。

――俺とつき合ってください。

そのひと言がどうしても言えなかった。

直前になって臆病風に吹かれた。自分でも情けないと思うが、呼び出しておいて、ただ誕生日プレゼントを渡しただけだった。

——ありがとう。かわいいね。

麻里奈はそう言って受け取ってくれた。

しかし、ほんの一瞬、睫毛を伏せたのを覚えている。あの表情はなにを意味していたのだろうか。

麻里奈は陽二郎の行動を不審に思ったのかもしれない。夜にパーティがあるのだから、プレゼントはそのとき渡せばすむ話だ。あの日のことを、彼女は大悟に話さなかった。

陽二郎も大悟には話していない。麻里奈のことを想う気持ちは、誰にも打ち明けていなかった。

クマのぬいぐるみの存在は、図らずも陽二郎と麻里奈の秘密になった。

麻里奈はあのときのぬいぐるみを大切に取っておいたのだ。しかし、どういうつもりでプレゼントを返してきたのだろうか。

(どうして、これを?)

陽二郎はぬいぐるみを見つめたまま身動きできなくなった。

「大悟が途中でいなくなったら、渡そうと思って持ってきたの」

麻里奈がぽつりとつぶやいた。

いったい、どういう意味だろうか。大悟は会社から緊急の呼び出しがあり、途中でいなくなった。だが、それは予期せぬ出来事だったはずだ。それとも、麻里奈はいなくなる予感がしていたのだろうか。

（でも、そんなことより……）

陽二郎が気になっているのは、ぬいぐるみのことだ。

六年ぶりに見たが、当時のきれいな状態が保たれている。大切に保管されていたのは間違いなかった。

「あのさ、これって――」

思いきって尋ねようとしたとき、麻里奈がすっと隣に寄ってくる。肩と太腿が触れ合って、とたんに胸の鼓動が速くなった。

4

「これ、覚えてる？」

ささやくような声だった。

麻里奈が横から手を伸ばして、クマのぬいぐるみの頭を撫でた。白くてほっそりした指に視線が惹きつけられる。爪の先まで艶々しており、触れてみたい衝動がこみあげた。

「う、うん……」

緊張のあまり、声が情けなくかすれてしまう。顔をあげることもできず、彼女の指ばかり見つめていた。

「大切に取っておいたのよ」

甘いシャンプーの香りが漂ってきて鼻腔をくすぐった。陽二郎は言葉を発することができなくなり、ガクガクとうなずいた。

「陽二郎くん……」

名前を呼ばれただけでせつなくなる。

勇気を出して隣を見やると、麻里奈が潤んだ瞳で見つめていた。思った以上に距離が近くて、視線が重なるとドキドキする。顔が熱くなるのを感じるが、もう視線をそらすことはできなかった。

「これをもらったとき、すごくうれしかったのよ。だから、大悟にも話さなかったの」

目を見つめたまま、麻里奈が語りかけてくる。芳しい吐息が流れてきて、無意識のうちに大きく吸いこんだ。

(ああっ、麻里奈ちゃん……)

胸に秘めてきた想いがふくらんでしまう。

親友の妻だということを忘れたわけではない。しかし、恋する気持ちをとめることはできなかった。

「あのとき、どうして喫茶店に呼び出したの?」

麻里奈が穏やかな声で尋ねてくる。やはり、あの日の陽二郎の行動を疑問に思っていたのだろう。

「だって、夜のパーティのときに、プレゼントを渡してくれてもよかったわけでしょう。大悟がいないときに渡すってことは、特別な気持ちがこもってるのかもしれないって思っちゃった」

おどけた調子で話しているが、見つめてくる瞳は真剣だ。もはや、陽二郎は返事をすることも、うなずくこともできなかった。

「ねえ……」

麻里奈がさらに身を寄せてくる。そして、チノパンの太腿に、手のひらをそっと重ねてきた。

「うっ……」

やさしく撫でられて、ますます緊張感が高まっていく。

布地ごしでも、手のひらの柔らかい感触が伝わってくる。なにより、麻里奈が触れていると思うだけで気持ちが急激に昂った。

(ま、麻里奈ちゃん……ど、どうしたんだ?)

陽二郎は言葉を発することもできず固まっていた。

まったく予想外の展開で頭がついていかない。混乱している間も、麻里奈の手は太腿を撫でまわしている。そればかりか、手のひらは少しずつ股間に近づいていた。

(ま、まさか……い、いや、そんなはず……)

胸のうちで期待が急速にふくれあがっていく。それと同時にペニスも膨張して硬くなった。

どぎまぎしているうちに、彼女の手のひらがチノパンの股間に到達する。布地の上から硬化した肉棒を握ってきた。すでに硬くなっている男根は、軽く触れられただけでビクッと跳ねあがった。

「ううッ」

たまらず低い呻き声が漏れてしまう。

突然のことに、どう対処すればいいのかわからない。なにしろ、陽二郎は童貞だ。服の上からとはいえ、母親以外の女性がペニスに触れるのははじめての経験だった。

「あぁ……もう、こんなに……」

麻里奈がため息まじりにつぶやいた。

こうしている間も、彼女は視線をそらそうとしない。陽二郎の目をまっすぐ見つめて、布地ごしにペニスを撫でている。陽二郎はわけがわからないまま、早くも息を乱していた。

どうして、麻里奈はこんなことをしてくるのだろうか。そして、あのぬいぐるみを持ってきた意味は――。

そのとき、チノパンの上から太幹を握られて、痺れるような感覚が沸きあがった。亀頭の先端から我慢汁が溢れ出す。様々な疑問が湧きあがるが、すべてを快感が押し流していく。

「ううウッ、ま、麻里奈ちゃんっ」

たまらず名前を呼ぶと、彼女はうれしそうに目を細めた。

「いいよ。陽二郎くんなら……」

麻里奈の唇から意味深な言葉が紡がれる。それは、セックスしてもいい、という意味だろうか。

（い、いや、麻里奈ちゃんに限って……）

心のなかで否定するが、ペニスはますます硬くなってしまう。

セックスしたい。相手が麻里奈ならなおさらだ。童貞を卒業したい。麻里奈が初体験の相手になってくれるなら最高だ。夢にまで見たことが現実になるかもしれなかった。

しかし、この期《ご》に及んで、一歩を踏み出す勇気がない。目の前にチャンスが転がっているのに、身動きできなくなってしまう。女体に触れてみたくてたまらないのに、気後れして動けなかった。

「わたしじゃ……いや？」

陽二郎が固まっていると、麻里奈が淋しげにつぶやいた。

そして、手を股間から離してしまう。チノパンの前は、恥ずかしいくらい大きなテントを張っていた。

「そ……そうじゃなくて……」

誤解されたくない一心で口を開く。せっかく誘ってくれた麻里奈を傷つけたくなかった。

「俺……そ、その……」

ペニスから手が離れたことで快感が途切れている。なんとか、しゃべる余裕ができていた。

「け、経験が……ないから……」

最後のほうは消え入りそうな声になってしまう。格好悪いが、誤解されるよりはましだ。

「どうすればいいのかわからなくて……ごめん」

包み隠さず伝えると、麻里奈は慌てた様子で首を小さく左右に振った。

「わたしのほうこそ、ごめんなさい」

申しわけなさそうに謝り、陽二郎の手を握ってきた。

「わたしは結婚してるけど、じつはそんなに経験ないのよ。ひとりしか知らないし、それに最近は……」

途中で言葉を濁したが「ひとりしか知らない」とはっきり言った。つまり大悟がはじめての相手ということになる。薄々そうだと思っていたが、実際に聞くとショックだった。

「とにかく、無神経だったね。ごめんね」

「そ、そんなこと……」

「わたしじゃ、ダメかな？」

麻里奈がじっと見つめてくる。

彼女は人妻だ。しかも、親友の妻だ。大悟の顔が脳裏に浮かぶが、頭を小さく振ってかき消した。

（大悟、すまん……でも、今は……今だけは……）

麻里奈とセックスできるなら、地獄に堕ちても構わない。本気でそう思うほど、心から麻里奈を求めていた。

一線を越えれば、親友を裏切った罪悪感に苛《さいな》まれるだろう。しかし、この機会を逃したら、一生後悔するのは目に見えていた。いずれにせよ悔やむことになるのは間違いなかった。

（それなら、いっそ……）

流れに身をまかせてしまってもいいのではないか。そんなことをぐるぐる考えていると、今度は七海のことを思い出した。

七海ははじめてできた恋人だ。彼女を裏切ることになるのは心苦しい。愛らしい顔を思い浮かべると胸が痛んだ。しかし、申しわけないと思うが、今は麻里奈のほうが気になっていた。

「ねえ……わたしじゃダメ？」

麻里奈が女体を押しつけてくる。柔らかい乳房が腕に密着して、プニュッとひしゃげた。

「ま、麻里奈ちゃん……お、俺、麻里奈ちゃんと……」

セックスしたい。言葉にすることはできないが、想いは伝わったらしい。麻里奈は目を細めて、唇に微かな笑みを浮かべた。

「陽二郎くんのはじめて、わたしがもらってあげる」

ささやく声が胸に染み渡った。

麻里奈が再び股間に手を伸ばしてくる。今度はベルトを緩めて、チノパンのボタンをはずしていく。さらにファスナーをおろすと、チノパンとボクサーブリーフをまとめてつかんだ。

「お尻、浮かせて」

「で、でも……」

「大丈夫。わたしが教えてあげるから」

やさしくささやかれて、陽二郎は言われるまま尻をシーツから浮かせた。

チノパンとボクサーブリーフが引きさげられる。勃起したペニスがブルンッと鎌首を振って剝き出しになった。

「ああっ、すごい……」

麻里奈がじっと見つめてつぶやいた。

とたんに激烈な羞恥がこみあげる。何年も片想いをしてきた女性に、勃起したペニスを見られているのだ。恥ずかしくて顔が熱くなる。しかし、同時に興奮しているのも事実だった。

麻里奈の手により、チノパンとボクサーブリーフが脚から引き抜かれる。靴下も脱がされて、下半身につけているものはなにもなくなった。

「どうせ裸になるから……」

自分の言葉に照れたのか、麻里奈は頰をぽっと赤らめた。

だが、手を休めようとはしない。陽二郎のダンガリーシャツのボタンを上からはずして、ついにすべてを剝ぎ取った。

（な、なんで、こんなことに……）

頭がクラクラするほどの羞恥に襲われる。

あっという間に、陽二郎は生まれたままの姿にされていた。自分だけ裸で彼女は服を着ているというのが、なおさら恥ずかしかった。

「ま……麻里奈ちゃんは？」

思いきって尋ねると、麻里奈は小さくうなずいた。

「そうだよね……わたしも、だよね」

そう言って立ちあがり、焦げ茶のプリーツスカートをおろしていく。片足ずつ持ちあげて取り去ると、ナチュラルベージュのストッキングに包まれた下肢が露になった。

（おおっ……）

陽二郎は腹のなかで唸り、思わず前のめりになって凝視した。

白いブラウスの裾が、かろうじて股間を隠している。それがかえって想像力をかき立てて、ついつい鼻息が荒くなった。

麻里奈はストッキングもクルクルまるめるようにしながらおろしていく。そして、左右のつま先からそっと抜き取った。

「あんまり見ないで……恥ずかしいから」

小声でつぶやき、ブラウスのボタンに指をかける。上から順にはずすと、肩を滑らせるようにして脱ぎ去った。

「おおっ」

今度こそ声に出して唸っていた。

女体が纏《まと》っているのは純白のブラジャーとパンティだ。精緻なレースが施された若妻らしい下着だった。

麻里奈は頰を染めながら、両手を背中にまわしていく。ブラジャーのホックをはずすなり、カップが上方に弾け飛ぶ。その直後、双つの乳房がプルルンッと勢いよくまろび出た。

(す……すごいっ)

思わず目を見張るほどの見事な乳房だった。

肌は透きとおるほど白く、双つの柔肉はまるまると張りつめている。なめらかな曲線の頂点では、淡いピンクの乳首がちょこんと載っていた。

(麻里奈ちゃんの……お、おっぱい)

瞬きするのも忘れて見入ってしまう。

まさか、麻里奈の乳房を目にする日が来るとは信じられない。夢ではないかと思うが、彼女が身じろぎするたび、双つの乳房が柔らかそうに波打った。それは確かに目の前で起こっていることだった。

「そんなに見られたら……」

麻里奈は乳房を抱きしめると、背中を向けてしまう。

がっかりしたのも束の間、麻里奈はパンティのウエスト部分に指をかけると前かがみになった。ヒップをこちらに突き出す格好になり、パンティをゆっくりおろしていく。

（こ、これは……）

またしても興奮が跳ねあがる。なめらかな尻たぶと臀裂が現れて、思わず生唾を飲みこんだ。

麻里奈は双臀を揺らしながらパンティをおろすと、左右の足を交互にあげて抜き取った。腰が細く締まっているので、ほどよく脂が乗った尻のむっちり感が強調されていた。

指で摘まんでいたパンティをはらりと落とし、麻里奈がゆっくりこちらを振り返る。右腕で乳房を、左手で股間を覆い隠していた。

「もう……見てたでしょ」

甘くにらみつけてくるが、本気で怒っているわけではない。頰を羞恥に染めながらも、口もとには微かな笑みが浮かんでいた。

「ご……ごめん」

かすれた声で謝罪する。

しかし、視線は女体に向いたままだった。腕で隠されているが、乳房のまるみを見つめてしまう。さらには手のひらで覆われている股間が、気になって仕方なかった。

「仕方ないなぁ……」

麻里奈は独りごとのようにつぶやき、右手と左手を身体の両脇に垂らしてくれる。レースのカーテンごしに差しこむ日の光が、ヴィーナスを思わせる魅惑的な裸体を照らし出した。

たっぷりしているのに張りのある乳房、細くしまってなめらかな曲線を描いた腰、左右に張り出したむっちりした尻。そして、恥丘にそよぐ楕円形に整えられた陰毛までまる見えになった。

（す、すごい……）

麻里奈の裸体を目の当たりにして、完全に圧倒されてしまう。陽二郎は言葉を失い、ただ柔肌を見つめつづけていた。

5

「横になって」

落ち着いた様子で、麻里奈が声をかけてくる。

陽二郎はぎこちなくうなずき、ベッドで仰向けになった。ペニスが天井に向かって屹立しているのが恥ずかしいが、手で隠すのもおかしいと思ってそのままにした。

すると、彼女もベッドにあがってくる。添い寝をするような体勢で、裸体をすっと寄せてきた。

腕が軽く触れただけで、興奮が爆発的にふくれあがる。あの麻里奈が裸で隣に寝ているのだ。それを考えると、もう自分を抑えられない。こみあげる衝動にまかせて女体に覆いかぶさった。

「ま、麻里奈ちゃんっ」

とにかく乳房に触りたい。剝き出しの乳房に手のひらを重ねると、いきなりわしづかみにした。

「い……痛い」

麻里奈が小さな声を漏らして顔をしかめる。しかし、触れてしまったら、もう途中でやめることはできない。柔らかい感触が興奮を誘い、そのままグイグイ揉みしだいた。

「落ち着いて……もっと、やさしくして」

諭すような声が鼓膜をやさしく振動させる。

これだけ昂っていても、彼女の声はしっかり聞こえた。途中でやめることはできないが、それでも懸命に力を緩めていく。

「こ、こう？」

「はあンっ……そう、いい感じよ」

麻里奈がやさしい声音で教えてくれる。

陽二郎はなんとか興奮を抑えて、壊れ物を扱うように乳房を揉みあげた。指を慎重に沈みこませると、柔肉をゆったりこねまわす。溶けそうな感触が心地よくて、ペニスがますます硬くなった。

「女の身体は繊細なの。できるだけやさしくね」

「う、うん……」

今度は先端で揺れている乳首に触れてみる。人差し指と親指で、恐るおそる摘まんでみた。

「あンっ」

とたんに彼女の唇から甘い声が溢れ出す。ドキリとして指を離すと、麻里奈がやさしげな瞳を向けてきた。

「大丈夫……上手よ」

麻里奈の言葉に背中を押されて、再び慎重に乳首を摘まんだ。

「はンっ……」

またしても彼女の唇から声が漏れるが、今度は指を離さない。柔らかさに誘われるままクニクニと転がしていた。

「ンっ……ンっ……」

麻里奈はせつなげに眉を歪めて、微かに肩を震わせる。

痛がっているわけではないようだ。その証拠に、鼻にかかった声がどんどん艶を帯びていく。さらには人差し指と親指の間で、乳首がぷっくりふくらみはじめていた。

(か、硬くなってきたぞ)

いつしか乳輪まで盛りあがり、乳首のピンクが濃くなっている。反応してくれたと思うと、ますます気分が高まってしまう。陽二郎はほとんど無意識のうちにむしゃぶりついた。

「ああっ、ま、待って」

麻里奈が慌てて声をあげるが、本能のほうが勝っている。陽二郎は乳首を口に含むと、いきなり舌を這いまわらせた。

「あンっ……や、やさしくして」

「うむむっ」

硬くなった乳首をしゃぶりまわす。唾液を塗りつけるように転がし、欲望のままに吸いあげた。

「はンンっ」

女体がピクッと反応する。それと同時に彼女の唇から甘い声が溢れ出した。

(ま、麻里奈ちゃんが、俺の舌で……)

感じているに違いない。

あの麻里奈の乳首を舐めていると思うと、異常なまでの興奮が湧きあがる。もうひとつの乳首を口に含んでしゃぶりまわし、ジュルジュルと音を立てて吸いあげた。

「つ、強い……もっとやさしくよ」

麻里奈がささやきながら、陽二郎の股間に手を伸ばしてくる。剝き出しのペニスをそっと握られて、我慢汁がどっと溢れ出した。

「ううッ」

軽く指が巻きついただけなのに、凄まじい快感が突き抜ける。

勃起した太幹を握られるのは、はじめての経験だ。たったそれだけで全身が震えて、ペニスがひとまわり大きく膨脹した。

「すごく硬い……陽二郎くんのここ」

麻里奈が喘ぐようにつぶやき、ゆったり擦りあげてくる。

太くて黒光りする肉棒に、細くて白い彼女の指が巻きついていた。やさしくしごかれると、瞬く間に射精欲がふくれあがった。

「くううッ、ま、待って……」

慌てて全身の筋肉に力をこめた。

両手でシーツを握りしめて。必死に快感を耐え忍ぶ。たったこれだけで達してしまうのは格好悪い。麻里奈に早漏と思われたくない一心で、暴発しそうな射精欲をギリギリのところで抑えこんだ。

しかし、ずっと片想いをしてきた女性が、裸でペニスをしごいているのだ。童貞の陽二郎には刺激が強すぎる。こうしている間も、我慢汁が次から次へと溢れていた。

「気持ちいいのね」

麻里奈がささやくような声で尋ねてくる。耳に熱い息を吹きこまれてゾクゾクした。

ほっそりした指は、まだ太幹に添えられている。そのわずかな刺激だけで達してしまいそうで、陽二郎は一瞬も気を抜くことができない。言葉を発する余裕もなく、つま先までピーンッとつっぱらせていた。

「手……手を……ううッ」

「手をどけてほしいの？」

ようやく麻里奈が手を離してくれる。解放されたペニスは、限界まで張りつめて小刻みに震えていた。

「くうッ……も、もう……」

これ以上、触れられたら暴発してしまう。そうなる前に、彼女のなかに入りたい。はじめてのセックスをしたくてたまらなかった。

「ま、麻里奈ちゃん……お、俺……」

目で訴えかけると、彼女はこっくりうなずいた。

「いいよ」

麻里奈はやさしくささやき、陽二郎の手を取った。

導かれるまま、仰向けになった女体に覆いかぶさる。麻里奈が脚を開いてくれたので、そこに入りこむ格好だ。陽二郎は彼女の脚の間に膝をつくと、女体をまじまじと見おろした。

たっぷりした乳房は仰向けになっても張りを失うことなく、見事なふくらみを保っている。平らな腹部から肉厚の恥丘、そして漆黒の秘毛に視線が惹きつけられた。

そのとき、麻里奈が膝をそっと立てる。脚を大きく開いた状態なので、白い内腿がさらされて、秘められた部分が露になった。

（こ、これが、麻里奈ちゃんの……）

思わず両目をカッと見開いた。

白い内腿のつけ根に、サーモンピンクの女陰が見えている。割れ目が縦にスッと走り、柔らかそうな肉襞がはみ出していた。透明な汁でぐっしょり濡れて、ヌラヌラと光っているのが妖しげだった。

（こんなに濡れてるってことは……）

ペニスに触れたことで興奮したのだろうか。そう考えると、ますます気分が盛りあがった。

（な、なんて、いやらしいんだ）

陽二郎は思わず生唾を飲みこんだ。

インターネットで見たことはあるが、実際に生で目にするのはこれがはじめてだ。しかも、ずっと好きだった麻里奈の女陰だと思うと、なおさら興奮してペニスが反り返った。

「あんまり見ないで……」

麻里奈が両手を伸ばして股間を隠す。残念ながら女陰は見えなくなってしまったが、そうやって恥じらう姿が牡の欲望を煽り立てた。

「も、もう……挿《い》れたいよ」

鼻息を荒らげて訴える。すると、麻里奈は頬を染めながらうなずいた。

股間から手を離して、屹立したペニスをそっとつかむ。太幹を指で摘まみ、張りつめた亀頭を自分の股間へと導いた。

クチュッ——。

女陰に触れた瞬間、湿った音が響き渡った。

柔らかい感触とともに彼女の体温が伝わってくる。女体が興奮で火照っているのか、割れ目は熱く潤んでいた。

「あンっ……」

「うむっ」

麻里奈の小さな喘ぎ声と、陽二郎の呻き声が重なった。

軽く触れただけなのに、早くも快感が湧きあがっている。ペニスの先端に触れている柔らかい媚肉が、蕩けるような感触を生み出していた。

股間に視線を向ければ、亀頭の先端が恥裂の狭間に沈みこんでいる。二枚の柔らかい花弁を内側に押し開き、新鮮なプラムを思わせる亀頭が半分ほど埋まっていた。

（は、入った……先っぽが麻里奈ちゃんのなかに……）

感激が胸のうちにひろがっていく。

まだほんの少しだが、長年にわたって想いつづけてきた女性の膣にペニスの先端が入っている。その光景を目の当たりにして、全身が燃えあがるような興奮が湧き起こった。

「ここに挿れるのよ……わかった？」

「う……うん」

陽二郎はがうなずくと、麻里奈はにっこり笑ってくれる。

こうして裸で視線を交わしているだけでも信じられないのに、ふたりの性器はつながっているのだ。どうせなら、もっと深くつながりたい。彼女の奥まで入りこみたかった。

「ゆっくり、来て」

麻里奈が両手を伸ばして、陽二郎の腰にそっと添える。そして、動き方を教えるように、ゆっくり引き寄せた。

「うおっ……は、入ってくよ」

「あっ……ああっ」

亀頭が恥裂の狭間に消えていく。ヌプリッと埋没して、さらに太幹も少しずつはまりこんでいった。

「おっ、おおっ……あ、熱くて、き、気持ちいい」

とてもではないが黙っていられない。陽二郎は感じたことを、そのまま言葉にした。

無数の膣襞がいっせいにからみついてくる。亀頭を包みこみ、カリの裏側にも入りこんできた。さっそく射精欲がふくれあがり、すかさず奥歯を食い縛って耐え忍んだ。

「もっと、奥まで……はああンっ」

麻里奈が眉をせつなげに歪めながらつぶやいた。そして、両手を陽二郎の尻にまわしこみ、さらにゆっくり引き寄せる。

「ああンっ、か、硬い……」

硬直した肉柱が根元までズブズブ沈んでいく。長大な男根がすべて収まり、互いの股間が密着する。ふたりの陰毛が擦れ合って、シャリシャリと乾いた音を響かせた。

「くううッ」

たまらず呻き声が溢れ出す。

濡れた媚肉が密着して、太幹を締めあげてくる。膣口が根元に食いこみ、膣道全体が太幹を四方八方から圧迫してきた。

「す、すごい……ううッ」

陽二郎は額に汗を浮かべて唸った。

(俺、ついに……)

麻里奈とセックスしたのだ。根元まで入ったことで、童貞を卒業したことを実感する。腹の底から悦びがこみあげて、全身が震えるほど感動した。

「全部入ったね……ああっ、先っぽがここまで来てる」

麻里奈が片手を自分の臍の下にそっと重ねる。

亀頭がかなり奥まで入りこんでいるらしい。麻里奈は色っぽいため息を漏らすと、まるでペニスを味わうように下腹部をなまめかしく波打たせた。

「うッ、ううッ……き、気持ちいい」

まだ挿入しただけなのに、強烈な快感に襲われている。動かなくても達してしまいそうだった。

「陽二郎くん……」

麻里奈が見つめてくる。両手を伸ばして陽二郎の首に巻きつけると、やさしく引き寄せた。

胸板と乳房が密着する。双つの柔肉は、まるで搗《つ》きたての餅のようになめらかで柔らかい。胸板に押されて柔らかくひしゃげるのがわかり、ますます気分が高揚した。

「ギュッとして……」

耳もとでささやく声が聞こえる。その直後、耳たぶを甘噛みされて、ゾクゾクするような快感がひろがった。

「くうッ……ま、麻里奈ちゃんっ」

女体を強く抱きしめる。乳房がさらに密着して、頬と頬が触れ合った。

「ああっ、うれしい」

麻里奈のつぶやく声が聞こえた。

その声には妙に実感がこもっている気がしてドキリとする。彼女もこうなることを望んでいたのだろうか。

「ねえ……」

麻里奈が両手で頬を挟んでくる。至近距離で見つめ合い、どちらからともなく唇を重ねていった。

彼女の唇は溶けてしまいそうなほど柔らかい。あの麻里奈とキスしていると思うだけで緊張してしまう。それ以上、どうすればいいのかわからず固まっていると、麻里奈のほうから舌を伸ばして口のなかに入れてきた。

「はあンっ」

芳しい吐息が流れこみ、舌をからめとられてやさしく吸われる。粘膜がヌルヌル擦れ合うのも気持ちいい。

(麻里奈ちゃんとキスしてるんだ)

心のなかでつぶやくだけで、興奮がさらに大きくふくれあがった。

陽二郎も舌を伸ばして、彼女の口内に侵入させる。昂ぶる気持ちのまま、柔らかい口腔粘膜をしゃぶりまわした。

「あふっ……はむンっ」

麻里奈が微かに喘いでくれるのも、さらなる興奮を誘う。舌をからめとり、唾液ごとジュルルッと吸いあげた。

舌は驚くほど柔らかく、唾液はメープルシロップのように甘かった。ディープキスに没頭しながら、無意識のうちに腰を動かした。女体をしっかり抱きしめたまま、ペニスをゆっくり出し入れする。とたんに、すさまじいまでの快感が押し寄せてきた。

「ううッ」

唇を離して、こらえきれない呻き声を漏らす。射精欲が一気にふくらみ、慌てて腰の動きをぴたりととめた。

（や、やばい……）

一ミリでも動かせば暴発しそうだ。それほどまでの快感に襲われて、全身の毛穴から汗が噴き出していた。

「動いていいよ」

麻里奈が声をかけてくる。そして、両手を陽二郎の尻たぶにまわすと、自ら股間をしゃくりあげてきた。

「ううッ……ちょ、ちょっと待って」

動きは小さくても、ペニスが媚肉で擦られている。鮮烈な快感がひろがり、力をこめた全身の筋肉に震えが走った。

「あンっ……あンっ……陽二郎くんも動いて」

「ううウッ、も、もう……くおおおッ」

腰を使われながらうながされたら、もう我慢できない。陽二郎は女体を抱きしめると、本能のまま腰を激しく振りはじめた。

動きはぎこちないが、勃起した男根をグイグイ送りこんでいく。太幹を膣襞で擦られるのが気持ちいい。亀頭が媚肉をかきわけて、膣道の深い場所に何度も到達した。

「ああッ、そ、そう、上手よ……あああッ」

麻里奈の喘ぎ声が高まっていく。ピストンに合わせて股間をしゃくることで、快感は二倍にも三倍にもふくれあがった。

「おおおッ……おおおおッ」

もう一刻の猶予もない。遠くに絶頂の大波が現れたと思ったら、轟音を響かせながら迫ってきた。

「ああッ、陽二郎くんっ、あああッ」

麻里奈も腰を使いながら喘いでいる。眉を八の字に歪めて、瞳には歓喜の涙さえ滲んでいた。

「くおおッ、で、出ちゃうよ」

「いいよ、出して……いっぱい出して」

両手で尻をしっかり抱えこみ、麻里奈が耳もとで囁きかけてくる。その声が引き金となり、あっという間に絶頂の大波が勢いよく押し寄せた。

「おおおおおッ、で、出るっ、出る出るっ、ぬおおおおおッ！」

陽二郎は雄叫びをあげながら思いきり精液を放出する。ペニスを根元までたたきこみ、全身をビクビクと震わせた。

「あ、熱いっ、あああッ、はあああああああッ！」

精液を注ぎこまれて、麻里奈が喘ぎ声を響かせる。沸騰したザーメンを注ぎこまれた衝撃で、女体が感電したように痙攣した。

膣道がうねうねと蠢いている。深く埋まったままのペニスを食いしめて放そうとしない。無数の膣襞が根元から先端に向かって波打ち、尿道に残っていた精液まで絞り出された。

（こ、こんなに気持ちいいなんて……）

陽二郎は女体に覆いかぶさった状態で身動きできなかった。

かつて経験したことのない快楽で、頭のなかがまっ白になっている。なにも考えられないが、片想いをしていた麻里奈が、筆おろしの相手をしてくれた悦びが全身を満たしていた。

麻里奈はなにも言わず、やさしく背中を抱いてくれる。そっと撫でてくれるから、心がほっこり温かくなった。

(でも……)

絶頂の余韻が少しずつ醒めていくにつれて、罪悪感がこみあげてきた。

親友の大悟を裏切ってしまった。

七海という恋人がいながら浮気をしてしまった。

ふたりに申しわけないことをしたと心から思っている。しかし、それと同時に初恋の女性、麻里奈と結ばれて満足もしていた。

いつしか、窓から夕日が差しこんでいた。

麻里奈はとっくに帰り、部屋にいるのは陽二郎だけだ。

裸のまま毛布にくるまり、じっとしている。眠るわけでもなく、何時間もこうしていた。

セックスしたあと、なんとなく気まずくなってしまった。

もちろん、最高の快楽だったし、童貞を卒業したうれしさもある。だが、親友の妻と身体の関係を持ったという事実が、絶頂の余韻が冷めるにつれて、重くのしかかってきた。

なにか話しかけたほうがいいと思ったが、なにも頭に浮かばない。結局、無言のまま時間ばかりがすぎていった。

麻里奈は我に返って羞恥がこみあげてきたらしい。そそくさと身なりを整えはじめた。

——じゃあね。

帰る直前、彼女がつぶやいた言葉が耳に残っていた。

どこか淋しげな瞳を向けられて、陽二郎は小声で「じゃあ」と返すことしかできなかった。

ひとりになり、いったい何時間経ったのだろう。

大悟のこと、七海のこと、そして麻里奈のことを考えているうちに、いつの間にか日が傾いていた。

時計をチラリと見やれば、すでに夕方五時になるところだ。

遠くで救急車のサイレンが聞こえた。だんだん近づいてくるのがわかる。事故でもあったのだろうか。

しかし、陽二郎の脳裏に浮かんでいるのは、麻里奈の美しい裸身だった。

ベッドの端にクマのぬいぐるみが転がっていた。陽二郎は寝転がったまま手を伸ばして、ぬいぐるみを拾いあげた。

麻里奈はどういうつもりで、このぬいぐるみを持ってきたのだろうか。学生時代、これを渡して告白するつもりだった。しかし、勇気がなくて想いを口にすることはできなかった。

見ているとせつなくなってしまう。陽二郎はベッドから起きあがると、ぬいぐるみをクローゼットの奥にしまいこんだ。

第二章　未亡人に癒されて

1

突然、耳もとで激しい電子音が鳴り響いた。

目覚まし時計のアラームだ。陽二郎は寝ぼけ眼で枕もとを探り、ボタンを押してアラームを切った。

（いつの間にか寝ちゃったのか……）

ベッドで横になったまま、大きく伸びをした。

窓から眩い朝の光が差しこんでいる。あらためて時計を確認すると、針は九時を指していた。

今日は日曜日だ。仕事は休みだし、特別な用事はなにもなかったはずだ。それなのに、どうして目覚ましをかけたのだろう。自分でやったことなのに、まったく思い出せなかった。

(それにしても……)

脳裏に浮かぶのは、やはり昨日のことだ。

まさか麻里奈とセックスできるとは思いもしなかった。妄想してきたことが現実になったのだ。感動と興奮、それに困惑がまざり合って、複雑な気持ちになっていた。

麻里奈の裸身を思い返す。

張りのある乳房と楕円形に整えられた陰毛、それにサーモンピンクの女陰が印象に残っている。割れ目にペニスを突きこんだときの感触を思い出すと、それだけで甘い快楽がよみがえった。

そのとき、ふと卓袱台が目に入る。コンビニ弁当の空容器やペットボトル、それに雑誌が置いてあった。

(あれ?　昨日、捨てたはずなのに……)

思わず首をかしげた。

昨日の朝、七海が尋ねてくる前に掃除をしたのを覚えている。それからコンビニ弁当は食べていない。昨夜は買い置きしてあったカップラーメンを食べて寝たのだ。

（おかしいな……）

カップラーメンの空容器はどこにいったのだろうか。そして、なぜ捨てたはずの物が戻っているのだろうか。

二度寝しようと思っていたが、すっかり目が覚めてしまった。

陽二郎は体を起こすと、ベッドに腰かけた。床に視線を向ければ、うっすらと埃がたまっている。昨日、掃除機をかけたばかりなのに、どうして埃があるのか謎だった。

この違和感は――。

得体の知れない気持ち悪さを覚えて、陽二郎は卓袱台の隅に置いてあったスマホを手に取った。

七海に電話をかけてみるつもりだ。彼女の声を聞けば、気持ちが落ち着くだろう。昨日、七海のお母さんが過労で倒れたことも気になっていた。そのとき、画面の日付表示が目に入った。

一月十六日、土曜日――。

思わず二度見した。

今日は十七日、日曜日のはずだ。それなのに、なぜか昨日の日付が表示されている。初体験の記念日を間違えるはずがなかった。

（急にどうしたんだ？）

スマホが壊れたのだろうか。

調子が悪かったわけではないし、乱暴に扱ったわけでもない。スマホが壊れる原因に心当たりはなかった。

電話をかけるのはあとにして、リモコンでテレビをつけてみる。すると、ちょうど天気予報が流れていた。

「本日、土曜日は快晴に恵まれて、行楽日和と――」

自分の耳を疑った。

今、ピンクのヒラヒラしたブラウスを着たお天気お姉さんは、確かに「本日、土曜日」と発言した。すぐ間違いに気づいて謝罪すると思ったが、まったくそんな様子はなかった。

（おい……）

思わず眉をしかめてテレビを凝視する。

画面には日本列島の地図が映し出されており、右上に「十六日の空模様」という文字が表示されていた。

（なんだ……これ？）

陽二郎は目を擦り、画面を何度も見直した。

テレビの情報が必ずしもすべて正しいわけではないが、天気予報で日付と曜日を間違えるだろうか。

「今夜から日曜日の朝にかけて冷えこみが強くなるので――」

やはり、今日は「十六日、土曜日」として話が進んでいた。

胸のうちに言いようのない不安がひろがっていく。今日が日曜日であることを確認したくて、リモコンでチャンネルを変えた。

「今夜の土曜ナイトシアターは、ロマンスの名作――」

ちょうど、今夜放送される映画の宣伝が流れている。

聞き間違いではない。確かに「今夜の土曜ナイトシアター」というナレーションが聞こえた。しかも、画面にはでかでかと「土曜ナイトシアター」の文字が躍っていた。

（どういうことだ？）

もう一度スマホを手に取ると、ニュースを表示させる。日付はやはり「十六日、土曜日」になっていた。

今日は本当に土曜日らしい。

どうやら、陽二郎が勘違いしていただけのようだ。しかし、なにか釈然としない。本当に今日が土曜日なら、陽二郎が体験したと思っていた麻里奈とのセックスはなんだったのだろうか。

（まさか……夢？）

ふと、そんな考えが脳裏に浮かんだ。

しかし、夢にしてはあまりにもリアルだった。

大きな乳房の柔らかさも、ペニスを挿入したときの熱さも、ディープキスを交わしたときの蕩けるような感触も、すべてはっきり覚えている。あれが夢だったとは、どうしても思えなかった。

（俺は、麻里奈ちゃんと……確かに……）

だんだん怖くなってきた。

麻里奈への想いが強すぎて、妄想が加速した結果、リアルすぎる夢を作り出してしまったのだろうか。

（ウ、ウソだ……ウソだろ？）

思わず頭を抱えこみ、心のなかで何度もくり返した。

最高の体験をしたはずだった。ずっと片想いをしていた麻里奈が、筆おろしの相手をしてくれた。一生忘れられない初体験になったはずだった。

（あれが、全部夢だったなんて……）

いまだに信じられない。

だが、夢だったと考えるしか説明がつかなかった。卓袱台には捨てたはずのコンビニ弁当の空容器やペットボトル、それに雑誌が置いてある。床に埃がうっすら積もっているのも、掃除機をかけていないからだ。

（そうか……そういうことか）

残念でならないが、同時に安堵もしていた。

麻里奈は親友の妻だ。やはりセックスするのは罪悪感がある。今でも好きでたまらないが、大悟を裏切るのは心苦しかった。それに、恋人の七海にも申しわけない気持ちでいっぱいだった。

（でも、夢なら……）

罪悪感に苦しむ必要はない。一生、十字架を背負って生きていかなければならないと思っていた。ほっとして、呪縛から解放された気分だった。

（そうなると、俺はまだ童貞ってことになるな）

ようやく卒業できたと思っていたので、またしても残念な気持ちになってしまう。でも、自分には七海という恋人がいる。代わりのようで申しわけないが、七海と初体験することになるのだろうか。

ピンポーンッ――。

ふいにインターホンのチャイムが鳴り響いた。

時計を見やると午前十時をすぎたところだ。陽二郎はのっそり体を起こすと、壁に設置されているインターホンのパネルに歩み寄った。

「あっ……」

思わず小さな声が漏れた。

液晶画面には七海が映っている。彼女の姿を見て思い出す。今日が土曜日ということは、七海と大悟たちも来る日ということだ。のんびり寝ている場合ではなかった。

「は、はい」

とにかく、マイクに向かって語りかけた。

「七海です」

画面のなかで七海が答える。こちらの動揺など知るはずもなく、愛らしい笑みを浮かべていた。

陽二郎は大急ぎで卓袱台の上だけ片づけると、服を着替えて玄関に向かった。

「おはようございます」

七海は白いダウンコートを着ていた。

偶然にも、この上着は夢で見たのと同じ物だ。以前にもデートのときに着ていたので、それが記憶に残っていて夢に出てきたのだろう。

「どうぞ、入って」

なんとか気持ちを落ち着かせて部屋にあげる。すると、七海はダウンコートを脱いでベッドに腰かけた。

(えっ……)

その瞬間、陽二郎は目を見開いた。

七海がダウンコートの下に着ていたのは、赤いチェックのミニスカートと黒いハイネックのセーターだ。この服ははじめて見る物だ。いや、夢のなかでは見たが、現実に見るのははじめてだった。

(夢と、まったく同じ格好じゃないか)

思わず凝視してしまう。

セーターは身体にぴったりフィットするデザインで、乳房のまるみが生々しく浮かびあがっている。夢のなかでは目のやり場に困ったが、今は驚きのあまり目をそらせなかった。

「どうしたんですか?」

七海が小首をかしげて尋ねてくる。見つめられて、照れたような表情を浮かべていた。

「もう……」

視線が乳房に向いていることに気づき、七海が頰を赤く染めあげる。両腕で乳房を抱き、かわいくにらみつけてきた。

「どこ見てるんですか?」

怒っているわけではない。むしろ喜んでいるように見えた。

「い、いや……コ、コーヒーでも入れるよ」

陽二郎は動揺をごまかそうとキッチンに向かった。

「テレビつけてもいいですか」

七海はそう言って、リモコンでテレビをつけた。

「大悟さんの奥さんって、どんな人なんですか？」

「麻里奈ちゃんは物静かで……やさしい人だよ」

陽二郎はマグカップにやかんの湯を注ぎながら答える。夢のなかでも似たようなことを言ったはずだ。

「ふうん……わたしとは全然違う感じですか？」

この答えも聞き覚えがある。夢とそっくりだった。

胸の奥がもやもやする。あれは予知夢だったのだろうか。陽二郎は不思議な気持ちを抱えたまま、平静を装って会話をつづけた。

「そうだね。七海ちゃんは元気な感じだけど、麻里奈ちゃんは落ち着いた雰囲気の人だよ」

「大悟さんは、そういう人が好きなんですね」

そのとき、七海のスマホが鳴った。

七海は断ってから電話に出ると、なにやら驚きの声をあげた。そして、心配そうな声でやり取りしてから通話を切った。

「今、お父さんから、お母さんが倒れたって……ただの過労だって言ってるけど、やっぱり……」

夢とまったく同じだ。

ここまで一致すると怖くなってくる。陽二郎はできるだけやさしく答えながら、言いようのない不安が胸の奥にひろがっていくのを感じていた。

2

午前十一時少し前に、大悟と麻里奈がやってきた。

やはり夢のなかと同じ展開がつづき、陽二郎は懸命に平静を装いながらも、なにが起こっているのか不安でならなかった。

麻里奈と会うのは久しぶりだが、夢のなかで会ったばかりなので、あまり懐かしい感じはしない。なにかおかしな気分で、どういうテンションで話せばいいのかわからなかった。

「陽二郎くん、久しぶり」

麻里奈にそう言われても、苦笑いを返すことしかできない。そんな陽二郎の態度が不満だったのか、麻里奈は無口になってしまった。

（ま、まずい……普通にしないと）

とにかく、夢のことはいったん忘れようとする。

（ただの偶然だ……気にするな）

心のなかで何度も自分に言い聞かせる。そして、なんとか会話を交わすが、やはり内容は夢とまったく同じだった。

途中、大悟のスマホが着信音を響かせた。

（やっぱりだ……）

この展開も覚えている。大悟はスマホを手にして、キッチンのほうに向かうはずだ。

「ちょっと、ごめん」

大悟はそう言うと、スマホを持って立ちあがった。そして、キッチンに移動すると電話に出た。

「もしもし、竹原です……えっ、それはまずいですね」

これもまったく同じだ。やはり夢で見たことが現実に起きている。そうだとすると、大悟は急いで会社に向かうはずだ。

電話を切った大悟が戻ってくると、陽二郎は自分から先に話しかけた。

「もしかして、会社から緊急の呼び出しか？」

どうやら図星だったらしい。大悟は驚いた様子で目を見開いた。

「お、おう……よくわかったな」

どこか気まずそうにつぶやくと、大悟はなぜかすっと視線をそらす。途中で帰るのが心苦しいのだろうか。

「仕事だろ。気にしないでいいから行きなよ」

そう声をかけるしかなかった。すると、大悟は安堵したようにうなずき、そそくさと会社に向かった。

（このあと、もしかして……）

結局、陽二郎と麻里奈のふたりきりになっていた。

ここまでは夢で見たのとまったく同じ展開だ。この流れでいくと、麻里奈と身体の関係を持つことになる。信じられない夢だったが、麻里奈が筆おろしをしてくれるのだ。

（い、いいのか？）

夢ではなく、現実に麻里奈と関係を持てる。

そう思うと気分が盛りあがるが、同時に過ちを犯してはいけないと心のブレーキがかかった。

「コ、コーヒーでも入れるよ」

気持ちを落ち着かせようと、いったんキッチンに逃げる。

やかんを火にかけながら確認すると、麻里奈は深刻そうな表情でベッドに腰かけていた。

マグカップにコーヒーを入れて振り返った。

夢のなかでは悩んだすえ、少し距離を開けて麻里奈の隣に座った。そして、最終的にこのベッドでセックスをしたのだ。

(もう一度、麻里奈ちゃんと……)

夢を現実のものにしたい。夢と同じ行動を取れば、同じ展開になるのではないか。彼女の隣に腰かけることで、夢が再現されるのではないか。

確信はない。だが、ここまでの流れを思い返すと、そうなる可能性が高い気がする。なにしろ、すべて夢のなかと同じなのだ。なにが起きているのか、理屈はまったくわからない。非現実的な考えだとわかっている。それでも、夢が現実になっているのは事実だった。

（あの、きれいな身体を……）

麻里奈の裸体をもう一度見てみたい。柔らかい乳房をまさぐり、いきり勃ったペニスを潤んだ女壺に突きこみたい。

（でも……そうなったら、また大悟を……）

筆おろしの愉悦は強烈だったが、親友を裏切った心の傷も深かった。

麻里奈とセックスできるということは、同時にあの罪悪感をもう一度味わうということだ。

（やっぱりダメだ。大悟を裏切ることはできない）

欲望に流される寸前で、なんとか踏みとどまった。

初恋の女性に筆おろしをしてもらう悦びも、親友を裏切るつらさも、どちらも夢で経験している。だからこそ、心の葛藤は激しかった。

陽二郎はマグカップを卓袱台に置くと、ベッドではなくフローリングの床に腰をおろした。

隣に座らなかったことが意外だったのか、麻里奈が不思議そうな瞳を向けてくる。だが、陽二郎は視線に気づかないフリをして、まだ熱いコーヒーをひと口飲んだ。

座る場所が変わったことで流れが変わるのではないか。夢のなかでは、このあとクマのぬいぐるみを渡されて、彼女のほうから迫ってきた。しかし、陽二郎が床に座っていれば、話は違ってくるだろう。

「陽二郎くん、彼女ができてよかったね」

麻里奈が声をかけてくる。そして、ベッドから立ちあがり、胡座をかいている陽二郎の隣で横座りした。

（こっちに来ちゃうのかよ……）

うれしい気持ちはあるが、今は喜んでいる場合ではない。このあと、もし彼女がバッグからクマのぬいぐるみを取り出したら、流れは夢とまったく変わっていないことになる。

「彼女ができたお祝いを持ってきたの」

麻里奈はそう言って、床に置いてあったバッグを手に取った。

（同じだ……このままだと……）

心が揺れないと言えば嘘になる。しかし、快感と感動が大きいだけに、あとで襲ってくる罪悪感が強烈になることを知っていた。

「ま、麻里奈ちゃんっ」

つい声が大きくなってしまう。だが、その結果、麻里奈が驚いた様子で顔をあげた。まだバッグは開いていない。彼女の手はとまっている。ぬいぐるみを受け取るわけにはいかなかった。

「どうしたの？」

「お、俺、用事を思い出したんだ。だから、悪いけど……」

とっさに嘘をついた。

こうなったら、麻里奈に帰ってもらうしかない。物理的に距離を取ってしまえば、間違いが起きるはずもなかった。

「それなら、お祝いだけ受け取って」

麻里奈は再びバッグを開けようとする。思い出のぬいぐるみを目にしたら、冷静でいられる自信はなかった。

「ごめん、時間がないんだ」

「すぐだから、ちょっと待って」

なぜか麻里奈は聞く耳を持たない。今にもバッグを開けようとしている。穏やかな性格の彼女が、強引になにかをしようとするのははじめてだ。

「今はダメなんだ」

思わず麻里奈の手を押さえる。なんとしても、あのぬいぐるみを取り出すのを阻止したかった。

「すぐに終わるから、いいでしょ？」

「本当に時間がないんだよ」

「お祝いを渡すだけよ」

麻里奈は引こうとせず、手を振り払おうとする。だが、陽二郎も粘って手を離さなかった。

「今日は急いでるから」

「手を離して」

なぜか麻里奈はいっさい聞く耳を持たない。そして、激しく身をよじったそのとき、バランスを崩して倒れかかってきた。

「危ないっ」

とっさに両手を広げて女体を抱きとめる。そのまま、ふたりはもつれ合って、床の上に倒れこんだ。

陽二郎が仰向けになり、麻里奈が折り重なる格好だ。バッグは床に転がっているが、彼女の顔がすぐ目の前に迫っていた。

「陽二郎くん……」

名前を呼ばれてドキリとする。甘い吐息が鼻腔に流れこみ、それだけで股間が疼き、欲望が一気にふくれあがった。

（ダ、ダメだ、絶対に……）

親友を裏切らないと決めたのだ。ここで欲望に流されたら、夢と同じになってしまう。

ところが、そんな陽二郎の思いも知らず、麻里奈が唇を寄せてくる。顔をそむければよかったのかもしれない。だが、どうしても身動きできず、彼女の唇を受けとめてしまった。

「ンっ……」

麻里奈は微かな吐息を漏らして、唇をぴったり重ねてくる。蕩けるような柔らかさが伝わり、ますます気分が盛りあがった。

（こ、これは……）

夢とまったく同じ感触だ。この柔らかさに覚えがある。夢とは思えないほど鮮明に記憶していた。

やはり、あれは予知夢だったのだろうか。

麻里奈とキスするのは、これがはじめてなのに、はじめての気がしない。夢で経験しているからだ。信じられないことだが、まるで現実の体験のように細かなことまではっきり覚えていた。

(どうなってるんだ?)

興奮と困惑が入りまじっている。キスしたことで、ただの夢ではなかったと確信した。

「うんんっ」

理性の力を振り絞り、両手で彼女の肩を押し返す。唇を引き剝がすと、心を鬼にして語りかけた。

「こんなこと……ダメだよ」

拒むことで胸が痛んだ。

本当は抱きしめたい。押し倒して裸に剝き、乳房を揉みあげたい。ペニスを挿入して、思いきり腰を振りたい。でも、それをやってしまったら、絶対に後悔するとわかっていた。

大悟を裏切れない。前回は夢だったが、罪悪感の大きさはわかっている。二度も過ちを犯すわけにはいかなかった。

「ご……ごめんなさい」

拒絶されたことが、よほどショックだったらしい。麻里奈は見るみる瞳に涙をためると立ちあがった。そして、コートとバッグを手にして、振り返ることなく部屋から飛び出した。

(麻里奈ちゃん……ごめん)

陽二郎は心のなかで謝ることしかできなかった。

正直、彼女がどうして迫ってきたのか、よくわかっていない。だが、拒絶したことで傷つけたのは確かだった。

3

(まずかったかな……)

陽二郎は床に座りこみ、深いため息を漏らした。

友情を優先させたことで、麻里奈を傷つけてしまった。それを思うと、拒絶したのは間違いだったような気がしてくる。せめて、もう少しやんわり拒む方法があったのではないか。

今さらだが、そんなことを考えていると胸が苦しくなってしまう。

そのとき、インターホンのチャイムが鳴った。

もしかしたら、麻里奈が戻ってきたのではないか。そう思って急いで立ちあがると、インターホンのパネルに向かった。

(なんだ……)

画面を目にして、思わず心のなかでつぶやいた。

そこに映っていたのは麻里奈ではなく、このアパートの大家である長澤小百合《ながさわさゆり》だった。

今は誰にも会いたくない。居留守を使おうと思うが、小百合は何度もインターホンを鳴らして、さらにはドアをノックしてきた。どうやら、陽二郎が部屋にいると確信しているようだ。

無視できそうにないので、仕方なく玄関に向かった。

「こんにちは」

ドアを開けると、小百合はいつもどおり丁寧に挨拶してくれる。だが、今日はいつもの柔らかい笑みが消えていた。

濃紺のフレアスカートに白いシャツ、その上にグレーのカーディガンを羽織っている。茶色がかったふんわりした髪が、肩に柔らかく乗っていた。

小百合は三十二歳の若さで未亡人だ。二年前に夫を病気で亡くしたと聞いている。気の毒だが、夫がこのアパートを遺してくれたのは不幸中の幸いだったと話していた。

美麗な未亡人なので、いくらでも相手はいると思う。だが、亡夫のことが忘れられないのか、小百合は独り身を貫いていた。

この「長澤荘」は、二階建て全八戸の単身者向けアパートだ。

大家の部屋は一階の一番手前、道路に面したところにある。陽二郎の部屋は一階の一番奥だ。つまり、陽二郎の部屋に行くには、必ず大家の部屋の前を通らなければならなかった。

「小島くん、ちょっといいかしら?」

「はい……」

不思議に思いながらも返事をする。

いったい、どんな用事だろうか。小百合は通路を毎日欠かさず掃除しているので、よく顔を合わせている。見かければ、必ずにこやかに挨拶してくれる感じのいい女性だった。

しかし、小百合が部屋を尋ねてくるのは滅多にないことだ。家賃は滞納していないし、ほかの入居者に迷惑をかけた覚えもない。なにを言われるのかと、陽二郎は内心身構えていた。

「女の人が泣きながら飛び出してくるのを、偶然、見かけてしまったの」

小百合は申しわけなさそうに話しかけてくる。

ちょうど通路の掃除をしようと思って外に出たところ、涙を流している麻里奈に出くわしたらしい。

「よけいなことだと思ったけど、心配になったものだから」

「ちょっと、いろいろあって……」

陽二郎が言葉を濁すと、小百合が肩にそっと手を乗せてきた。

「なにかあったのね？」

やさしい言葉が胸に染み渡っていく。

麻里奈を傷つけてしまったことで、陽二郎自身も心に傷を負っていた。弱っているときにやさしくされて、思わず涙ぐみそうになってしまう。

「小島くん、大丈夫？」

どこまでも穏やかな声だった。

小百合の気遣いが伝わり、胸が熱くなってくる。その直後、顔をそっとのぞきこまれて視線が重なった。

「だ、大丈夫……じゃないです」

強がろうとするが、すぐに心が折れてしまう。つい本音を吐き出すと、彼女は小さくうなずいた。

「少しお話ししましょうか。ひとりで抱えているより、誰かに話したほうが楽になることもあるわよ」

確かにそうかもしれない。昨日の夢からはじまり、心が何度も揺さぶられて疲れきっている。落ち着いた雰囲気の小百合と話していると、少し気持ちが楽になる気がした。

「聞いてもらってもいいですか」

「もちろんよ」

小百合は柔らかい笑みを浮かべてくれる。包みこむような雰囲気があり、それだけで心が和むのがわかった。

「あがらせてもらってもい？」

女性とふたりきりになると思うと一瞬、躊躇する。しかし、このまま立ち話というわけにもいかないだろう。

「ど、どうぞ……」

部屋に招き入れると、小百合はごく自然な感じでベッドに腰かけた。

「コーヒーでいいですか？」

「気を遣わなくていいのよ。こっちに来て」

小百合はそう言って見つめてくる。そして、自分の隣のシーツを手のひらでポンポンと軽くたたいた。

「は、はい……」

陽二郎は少しとまどいながらも、小百合の隣に腰をおろす。すると、いきなり手をつかまれた。

「あんまり落ちこんじゃダメよ」

両手でしっかり陽二郎の右手を包みこみ、目をじっと見つめてくる。小百合はやけに深刻な表情になっていた。

「つらかったら、いつでもわたしに相談していいから。とにかく、ひとりで悩まないこと。夜中でも気にしないで尋ねてきてね」

まるで説得するような言葉に気圧《けお》されてしまう。まだ事情をなにも話していないのに、わかっているような言い方だった。

「あ……ありがとうございます」

かろうじてつぶやくが、握られている手が気になってしまう。小百合は親身になるあまり、しっかり握って離そうとしない。それぱかりか自分のほうに引き寄せるので、今にも指先が乳房に触れそうになっていた。

カーディガンは前がはらりと開いており、白いシャツの胸もとはこんもり盛りあがっている。意識して見ると、かなりの大きさだ。ボタンが弾け飛びそうなほど張りつめていた。

「あ、あの……」

手を振り払うわけにもいかず、小声でつぶやく。すると、なぜか小百合は首を小さく左右に振った。

「いいのよ。無理に話そうとしなくても」

先ほどは「誰かに話したほうが楽になることもある」と言っていたのに矛盾している。だが、あくまでも彼女は真剣なので、陽二郎はそれ以上なにも言えなくなってしまった。

「女の子は彼女ひとりじゃないんだから」

いったい、なにを言っているのだろう。意味がわからず首をかしげると、小百合はさらに熱のこもった瞳で見つめてきた。

「小島くんはまだ若いのだから、出会いはいくらでもあるわ」

やさしく諭すような言い方だった。

なにか大きな勘違いをしているのではないか。しかし、一所懸命に話してくれるので、途中で口を挟むのも悪い気がした。

「女の子にフラれたからって、あんまり思いつめないでね」

やはり勘違いしている。痴話喧嘩のすえ、麻里奈が陽二郎をフッたと思いこんでいるようだ。

「今は悲しいかもしれないけど、女の子は星の数ほどいるんだから」

親身になってくれるが、完全に間違っているので心に響かない。

そうしている間も、小百合はまるで祈るように、両手を自分の胸へと引き寄せる。陽二郎の手を握ったままなのを忘れているらしい。その結果、指先がシャツのふくらみに触れてしまった。

（わっ……や、柔らかい）

思わず両目をカッと見開いた。

シャツごしではあるが、指先が柔らかい部分にプニュッと沈みこむのがわかった。ちょうど乳房の谷間のあたりだ。ブラジャーのカップからはみ出している柔肉に、指先が深々と埋まっていた。

(お、大家さんの……)

胸が高鳴り、股間がズクリと疼く。男根が瞬く間に芯を通して、ふくらむのがわかった。

「うっ……」

チノパンの前がつっぱり、小さな呻き声が漏れてしまう。それと同時に、思わず腰をよじっていた。

「どうかしたの?」

小百合が不思議そうに首をかしげる。ところが、次の瞬間、彼女の表情が凍りついた。

「ちょ、ちょっと、それ……」

穏やかだった声が一転して硬くなった。

視線は陽二郎の下半身に向いている。チノパンの前がふくらんでいることに気づいたのだ。陽二郎も恐るおそる自分の股間を見やると、そこはあからさまなテントを張っていた。

「す、すみませんっ」

慌てて手を振りほどくと、ふくらんだ股間を覆い隠す。両手で押さえて前かがみになり、彼女の視線から遮った。

(ま、まずい……)

なんとか勃起を鎮めようとするが、そう簡単には収まらない。困りはてていると、なぜか小百合が身体をすっと寄せてきた。

「大丈夫……慌てなくていいのよ」

彼女の声は穏やかな雰囲気に戻っている。そして、陽二郎の左右の手を、股間からそっと引き剝がした。

「こ、これは……」

震える声で謝罪しようとする。ところが、小百合は人差し指を立てて、陽二郎の唇に押し当てた。

「わたしのせいね……ごめんなさい」

なぜか小百合のほうが謝ってくる。そして、チノパンの上から股間が撫でまわしてきた。

「ううっ……」

甘い痺れが波紋のようにひろがり、小さな呻き声が漏れてしまう。

夢のなかでは麻里奈がやっていたことだが、なぜか今は小百合が同じように股間を刺激していた。

「責任を取るから許してね」

布地ごしに硬くなった肉棒を握られて、ゆったりとしごかれる。それだけで先端から我慢汁が溢れ出した。

「くううっ……お、大家さん、なにを……」

「慰めてあげたいの」

小百合はそう言いながらベルトを緩めて、チノパンのボタンをはずす。さらにはファスナーをジジッとさげると、チノパンとボクサーブリーフをまとめてつかんだ。

夢のなかで似たような経験をしている。あのときの相手は麻里奈だったが、同じように脱がしてもらった。だから、陽二郎はなにか言われる前に、条件反射で尻をシーツから浮かせていた。

「あら、わかってるじゃない」

小百合が意外そうにつぶやき「ふふっ」と笑った。

「まじめそうに見えたんだけど……もしかして、経験豊富なの？」

「い、いえ——うわっ！」

そのとき、チノパンとボクサーブリーフをまとめて引きさげられて、勃起したペニスが勢いよく跳ねあがった。

「すごく立派じゃない。この大きなオチ×チンで、何人の女の子を泣かせてきたのかな？」

からかうように言うと、小百合は太幹に細い指を巻きつけてきた。

「そ、そんなこと、全然……」

「全然ってことはないでしょう？」

さっそく肉柱をゆるゆるとしごかれる。スローペースの手コキだが、それだけでも快感がふくらんでいく。とはいえ、夢のなかで経験しているので、いくらか心の余裕があった。

「ほ、本当に……ま、まったく経験がないんです」

「まったくって……童貞ってこと？」

小百合が男根をしごきながら尋ねてくる。信じられないといった様子で、目をまるくしていた。

「は、はい……じつは、そうなんです」

童貞であることを告白するのは恥ずかしい。小声でつぶやくと、小百合は柔らかい笑みを浮かべた。

「それなら、わたしが男にしてあげる」

そのひと言で期待がふくれあがってしまう。

困惑していると、ダンガリーシャツを脱がされて、ベッドに押し倒される。膝にからんでいたチノパンとボクサーブリーフも脚から抜き取られた。さらに靴下も奪われて、あっという間に裸になった。

「お、大家さん……ど、どうして……」

なぜ小百合がここまでしてくれるのかわからない。フラれた男を慰めるにしても、明らかにやりすぎだった。

「わたしも……淋しかったから」

小百合はベッドから立ちあがると、カーディガンを脱いで床に落とした。さらにスカートもおろして、肉づきのいい太腿が露になる。シャツのボタンを上から順にはずせば、襟もとがはらりと開いて細い鎖骨が見えてきた。

「小島くんを見ていたら、若いころの夫を思い出したの」

小百合はそう言いながらシャツを脱いだ。これで女体にまとっているのは黒いブラジャーとパンティだけになった。

「小島くんって、まじめだけど不器用そうでしょう。そういうところが、亡くなった夫に似ている気がして……」

「そ……そうなんですか」

どう答えればいいのかわからない。すると小百合は目を細めて、やさしげに見つめてきた。

「女だって、したいときはあるのよ。一度だけ、相手をしてくれない？」

両手を背中にまわしてブラジャーのホックをはずす。カップをずらすと、下膨れした大きな乳房が現れた。

（おおっ……）

陽二郎は喉もとまで出かかった声をなんとか呑みこんだ。

夢のなかで見た麻里奈の乳房より、さらにひとまわりは大きかった。肌は滑らかで白く、身じろぎするだけでタプタプ揺れる。柔肉の頂上にある紅色の乳首と大きめの乳輪が目立っていた。

そしてパンティを下げていく。

なだらかなS字のラインを描く腰つきが色っぽい。恥丘を彩る陰毛は、自然な感じで濃厚に生い茂っていた。

（こ、これが、大家さんの……）

熟れた女体は匂い立つようで、見ているだけで牡の欲望がどうしようもなく煽られる。未亡人だと知っているせいか、女の欲求をためこんでいる気がしてならなかった。

「そんなに見られたら恥ずかしいわ」

小百合はそう言って内腿をもじもじ擦り合わせる。そのとき、微かにクチュッという湿った音が聞こえた。

（ま、まさか……）

もしかしたら、彼女も興奮しているのかもしれない。

思わず顔を見やると、小百合は瞳を潤ませながらベッドにあがってくる。そして、陽二郎の脚の間に入りこんで正座をした。

4

「本当に、なんにも経験ないの？」

小百合が細い指をペニスの根元にからめてくる。男根はこれでもかと張りつめて、先端の鈴割れから透明な汁が溢れていた。

「キ、キスだけです」

陽二郎は快感をこらえながら答えた。

ファーストキスは七海だが、今日、麻里奈ともキスをしている。七海には申しわけないが、麻里奈とのキスのほうが印象に残っていた。

「じゃあ、口でされるのは、これがはじめてね」

そう言うなり、小百合は前かがみになり、顔を股間に寄せてくる。そして、躊躇せずに亀頭をぱっくり咥えこんだ。

「ちょ、ちょっと……くううッ」

いきなり、柔らかい唇がカリ首に密着する。熱い吐息が亀頭を包み、それだけで快感がふくれあがった。

「ま、まさか……こんな……」

股間を見おろせば、信じられない光景が広がっていた。美麗な未亡人がペニスの先端を咥えているのだ。それを目の当たりにしたことで、さらに快感が大きくなる。腰にブルルッと震えが走り、新たな我慢汁が溢れ出した。

(俺のチ×ポが、大家さんの口のなかに……)

経験したいと思っていたフェラチオが、突然、現実になっている。予想外のことが起きて、陽二郎はただ全身を硬直させていた。

「はンンっ」

小百合は上目遣いに顔を見つめながら、ペニスをゆっくり口に含んでいく。柔らかい唇で太幹の表面を擦ると、長大な肉柱を根元まで呑みこんだ。

「ううッ、ぜ、全部……」

視線が重なったままでのフェラチオだ。しかも、小百合は舌を使って、口内の太幹を舐めあげてきた。

「くううッ」

敏感な裏すじを舌先でくすぐられる。ゾクゾクするような快感がひろがり、陽二郎は思わず腰をよじらせた。

さらに彼女の舌は亀頭に這いあがってくる。まるで飴玉のように舐めまわされて、唾液をたっぷりまぶされていく。蕩けそうな快楽がひろがり、慌てて両手でシーツを握りしめた。

「き、気持ち……うむッ」

こらえきれない快楽の呻き声が漏れてしまう。すると、小百合は気をよくしたのか、首をゆったり振りはじめた。

「ンっ……ンっ……ンっ……」

微かに鼻を鳴らしながら、柔らかい唇を滑らせる。我慢汁と唾液を潤滑油にして、鉄棒のように硬直したペニスの表面をヌルヌルと擦りあげてきた。

「ううッ……ううッ」

未知の快楽が押し寄せてきたと思ったら、瞬く間に全身を包みこんでいく。男根を舐めしゃぶられることで、頭の先からつま先まで、濃厚な愉悦にどっぷり浸かっていた。

「も、もう……お、大家さんっ」

これ以上されたら我慢できなくなってしまう。シーツを握り、全身の筋肉を硬直させて訴える。ところが、小百合は途中でやめるどころか、首振りのスピードを加速させた。

「うわっ、ちょ、ちょっと、待ってください」

慌てて懇願するが、彼女はますます首を激しく振り立てる。唇をなめらかにスライドさせて、次から次へと快感を送りこんできた。

「あふッ……はむッ……あふンッ」

小百合が漏らす色っぽい声も、聴覚から欲望を刺激する。なにしろ、これがはじめてのフェラチオだ。リズミカルに太幹をしごかれて、瞬く間に射精欲がふくれあがった。

「くううッ、も、もうダメですっ」

両脚がつま先までピーンッと伸びきり、たまらず全身を仰け反らせる。そのタイミングで、ペニスを思いきり吸いあげられた。

「おおおおッ、き、気持ちいいっ、で、出るっ、出るううッ！」

こらえきれずに射精してしまう。小百合の口内でペニスが跳ねまわり、ついに精液が勢いよくほとばしった。太幹が激しく脈動して、大量の粘液を吐き出していく。

「ぬおおおッ……おおおおおッ」

もう快楽の呻き声を振りまくことしかできない。フェラチオで口内射精するのは、自分の手でしごくのとは次元の異なる愉悦だった。

射精しているのに、小百合はペニスを深く咥えたまま離そうとしない。陽二郎はなにも考えられなくなり、身も心も蕩けるような絶頂感のなか、最後の一滴までザーメンを放出した。

(さ……最高だ……)

脳細胞が焼きつくされたかと思うほど、強烈な快楽だった。

精液をたっぷり放出したことで、硬直していた全身から力が抜ける。絶頂の余韻が気怠くひろがり、脱力した体がベッドのなかに沈みこんでいくような錯覚を覚えた。

「ンンっ……」

小百合は尿道に残っていた精液もすべて吸い出すと、まるで味わうように嚥下する。そして、ようやくペニスを解放した。

「あぁっ……すごく濃かった」

火照った顔で独りごとをつぶやき、細い指で口もとをそっと拭った。

「若いって、すごいのね」

彼女の声が聞こえてくるが、陽二郎に答える余裕はない。なにしろ、はじめてのフェラチオで口内射精したのだ。今はなにも考えず、絶頂の余韻に浸っていたかった。

ところが、それを小百合が許さない。絶頂直後のペニスに指を巻きつけて、シコシコしごきはじめた。

「うっ……ううっ……い、今はダメです」

呻きまじりにつぶやくが、彼女は手を離そうとしない。それどころか、ますます手の動きを激しくした。

「でも、ここはまだ硬いままよ」

小百合が太幹をキュッと握ってくる。それだけで、新たな快感の波が押し寄せてきた。

「うむッ……ど、どうして、こんなに……」

自分の股間を見おろして、思わず首をかしげる。たっぷり射精したにもかかわらず、男根は雄々しく屹立したままだった。

「これなら、まだできるわよね。はじめての女になってあげる」

濡れた瞳で語りかけてくると、小百合は返答をうながすようにペニスを軽くしごいた。

「ううッ、び、敏感になってるから……」

「どういう格好でしたいの？」

小百合はセックスすることを前提に話しかけてくる。

陽二郎の脳裏に、恋人の七海と片想いをしている麻里奈の顔が浮かんだ。しかし、まだ興奮状態は継続していた。フェラチオでの口内射精は最高だったが、どうせならセックスもしたかった。

「小島くんの好きな格好でいいのよ」

なかなか魅力的な提案だ。

昨日は夢のなかで正常位を経験している。もちろん、現実でないのはわかっているが、怖いくらいにリアルな夢だった。まるで実際に経験したような感覚が体に残っていた。

（せっかくだから、違う体位がいいよな）

つい邪なことを考えてしまう。

相手は経験豊富そうな未亡人だ。少しくらい大胆なことを要求しても許されるのではないか。

「じゃ、じゃあ……後ろから」

思いきって言ってみる。すると、小百合は唇の端に妖艶な笑みを浮かべた。

「はじめてなのにバックからしたいなんて、意外と大胆なのね」

そう言われてはっとする。昨日のは夢だったので、これが本当の初セックスになるのだ。

（大家さんが、俺のはじめての人になるんだな……）

そんなことを考えているうちに、小百合は後ろ向きになり、四つん這いの姿勢を取っていた。

尻を後方に突き出しているため、たっぷりした肉づきが強調されている。臀裂はもちろん、くすんだ色の肛門もまる見えだ。さらには、どぎつい赤の女陰も剥き出しになっていた。

（こ、これが、大家さんの……）

陽二郎は思わず体を起こすと、彼女の背後で膝立ちになった。そして、美麗な小百合の女陰をまじまじと凝視した。

やはりそれなりに経験を積んでいるのか、女陰は少し型崩れして伸びている。

しかも、たっぷりの華蜜で潤っており、ヌラヌラと濡れ光っていた。やけに卑猥に見えて、いつしか鼻息が荒くなってしまう。

「ほ、本当にいいんですか?」

興奮ぎみに話しかけながら、たっぷりした尻たぶに両手をあてがう。ここまで来たら、早く挿れたくて仕方なかった。

「いいのよ。挿れるところ、教えてあげる」

小百合が自分の股の間から片手を伸ばしてくる。そして、ペニスをつかむと股間へと導いた。

「うっ……」

亀頭が女陰に触れると、ヌチュッと湿った音が鳴った。期待が高まり、新たな我慢汁が溢れ出した。

「ここよ。ゆっくり来て……」

ささやくような声だった。小百合も期待しているのか、恥裂から透明な汁がじくじく湧き出していた。

「こ、こう……ですか?」

両手を尻たぶにあてがうと、慎重に腰を押し進める。はじめてのセックスは夢のなかで経験している。そう思うと、少しは気が楽だ。張りつめた亀頭が、陰唇のビラビラを巻きこみながら沈みこんだ。

(これで、やっと俺も……)

今まさに童貞を卒業したところだ。しかし、感覚としては二度目のセックスなので、最高潮に興奮しつつも頭の片隅はどこか冷静だった。

「はああンっ……お、大きい」

四つん這いになった小百合の背中が反り返り、ふんわりした髪が宙を舞う。亀頭が完全にはまると、膣口がキュッと締まってカリ首を締めつけた。

「おおッ、こ、これは……」

思わず両手の指を尻たぶに埋めこんだ。

濡れ襞がからみつき、亀頭の表面を這いまわる。カリの裏側にも入りこみ、敏感な部分をくすぐってきた。

(き、気持ちいい……うむッ)

反射的に奥歯を強く食いしばった。

いきなり、強烈な快感がこみあげるが、まだなんとか耐えられる。それというのも、夢のなかで初体験したおかげだ。

昨夜の夢がなければ、挿入した瞬間に達していただろう。麻里奈への想いが募り、妄想が夢になっただけだが、意外なところで効果を発揮した。あの夢はそれほどまでにリアルだった。

「小島くん、も、もっと……奥まで……」

小百合が濡れた瞳で振り返り、かすれた声で語りかけてきた。

「は、はい……んんっ」

ゆっくり腰を突き出して、太幹を膣のなかに送りこんだ。

「ああっ……そ、その調子よ」

小百合の唇から甘い声が溢れ出す。それが牡の興奮を誘い、根元までぴっちりペニスを挿入した。

(は、入った……全部入ったぞ)

つい夢のなかの麻里奈と比べてしまう。

締まりは麻里奈のほうが強烈だが、媚肉は小百合のほうが柔らかい。膣道は麻里奈のほうが狭くて、小百合のほうが緩い気がする。しかし、気持ちいいのはどちらも同じだ。からみつく膣襞の感触が、牡の欲望を刺激していた。

「はンンっ……や、やっぱり、大きい」

彼女の喘ぐ声が、陽二郎をますます奮い立たせる。膣内に埋めこんだペニスが、さらにひとまわり大きく成長した。

「あンンっ、なかで動いてるわ」

小百合が腰をよじることで、太幹が四方八方から揉みくちゃにされる。膣襞の動きが活発になり、男根をしっかり食いしめた。

「ううッ……お、大家さんのなか、き、気持ちいいっ」

黙っていられず、呻くようにつぶやいた。

はじめての女壺の感触は、熱くて柔らかくてヌメヌメしている。それなのに猛烈に締めつけられて、鮮烈な快感が次々と湧きあがっていた。夢のなかで体験していなければ、とてもではないが耐えられなかっただろう。

「動いていいわよ……最初はゆっくりね」

小百合がやさしく語りかけてくる。そして、ピストンをうながすように、自ら尻を押しつけてきた。

「おううッ」

膣のなかでペニスがズルッと動き、カリが膣襞を擦りあげる。それが刺激となったのか、女壺全体が猛烈に収縮した。

「くうッ……う、動きます」

快感が快感を呼び、興奮がふくれあがった。

両手でくびれた腰をつかみ、腰をゆったり振りはじめる。じわじわ引き出しては、再び根元まで押しこんでいく。超スローペースの抽送だが、童貞の陽二郎にとっては凄まじい快感だった。

「あっ……あっ……そ、その調子よ」

小百合が褒めてくれるから、少しずつ抽送速度があがってしまう。カリで膣襞をえぐりながら引き出し、膣道に行きどまりを打ち抜くつもりで埋めこんだ。

「あンンッ、お、奥まで届いてる」

女体に小刻みな震えが走り、女壺が波打つようにうねり出す。強く締めあげられて、カリの引っかかりが強くなった。

「おおうッ、き、気持ちいいっ」

射精欲がこみあげてくるが、懸命に耐え忍んでピストンする。はじめてのセックスだが、気分的には二度目の感覚だ。だからこそ、すぐにイクのは格好悪いと思いながら、力強く肉柱をスライドさせた。

「ああッ、我慢しなくていいのよ。イキたいときにイッてね」

小百合が振り返り、はじめてセックスする陽二郎を気遣ってくれる。だが、彼女も感じているのは明らかだ。その証拠にペニスを突きこむたび、喘ぎ声が高まり、尻たぶに小刻みな痙攣が走り抜けた。

（ようし、こうなったら……）

自分だけではなく、小百合も絶頂に追いあげたい。陽二郎は気合を入れて、力強く腰を振りはじめた。

「あンっ……あンっ……そんなに激しくして大丈夫？」

「は、はい……だ、大丈夫です」

射精欲が急激にふくれあがっていく。それでも、夢のなかで麻里奈とセックスした経験があるので耐えられる。陽二郎は奥歯を食いしばり、全力で肉柱をたたきこんだ。

「ううッ……ううッ」

「ああッ……す、すごいわ、本当にはじめてなの？」

小百合は両手でシーツをつかみ、ピストンに合わせて腰をよじる。陽二郎のピストンが思いのほか強くて、困惑している様子が伝わってきた。

「は、はじめてだけど……ううッ、気持ちいいっ」

はじめてだけど、はじめてではない。気分的にはそんな感じだ。いずれにせよセックスに慣れているわけではない。早くも余裕がなくなり、欲望にまかせて腰を振りまくった。

「くうぅッ……くおおおッ」

「はああッ、そ、そんなに強く……あああッ、お、奥、届く」

女体が汗ばみ、背中がどんどん反り返っていく。膣の締まりも強くなり、尿道口から溢れる我慢汁がとまらなくなった。

「うううッ、も、もうっ、くうううッ」

懸命にペニスを抜き差しする。からみついてくる媚肉を振り払うように、亀頭を力強くたたきこんだ。

「ど、どうして、あああッ、い、いいっ、わたしも、イキそうよっ」

小百合のせっぱつまった声に勇気をもらい、さらに力強く腰を振る。亀頭を奥の奥まで突き入れて、子宮口を小突きまわした。

「うううッ、も、もうダメですっ、おおおッ、ぬおおおおおおッ！」

ついに雄叫びをあげながら射精する。

女壺に埋めこんだペニスが勢いよく跳ねまわり、先端から沸騰したザーメンが噴き出した。粘り気の強い精液が、尿道口をくすぐりながら放出される。頭のなかがまっ白になるほどの快感が全身にひろがった。

「あああッ、い、いいっ、はあああッ、イクッ、イクうううッ！」

小百合も絶頂を告げながら女体を痙攣させる。四つん這いで尻を突き出し、ペニスを思いきり締めつけた。

「くううッ、ま、また……ぬううううッ！」

射精の発作は二度、三度と連続して起こり、そのたびにザーメンが勢いよく噴きあがった。

睾丸のなかが空になったようになり、力つきて彼女の背中に覆いかぶさる。小百合も脱力してシーツの上に突っ伏した。

ふたりは折り重なったまま、荒い呼吸をくり返す。ペニスはまだ膣に入っており、小刻みにヒクヒク痙攣していた。

（や、やった……男になったんだ）

陽二郎は呆けた頭で、今度こそ童貞を卒業したことを実感した。

小百合の膣は絶頂の余韻を堪能するように、収縮と弛緩をくり返している。太幹をしっかり食いしめており、快感が継続していた。この感覚が夢であるはずがなかった。

（もう、こんな時間か……）

時計を見やると、もうすぐ夕方五時になるところだった。

陽二郎は裸のまま毛布にくるまり、ひとりベッドに横たわっていた。

小百合が帰ってから何時間経ったのだろう。絶頂の余韻が冷めてくると、小百合は陽二郎の頰にやさしくキスしてくれた。

――すごかったわ。童貞だったなんて信じられないくらいよ。

彼女の満足げな微笑が心に残っている。

まさか本当にイカせることができると思わなかった。陽二郎も満足感を得ているが、なにか釈然としないものも心に残っていた。

頭の片隅には麻里奈がいる。

夢のなかでは、麻里奈が初体験の相手だった。どうしてもそのことが忘れられず、今ひとつ童貞を卒業した悦びに浸れない。やはり、本当に好きな女性は麻里奈だけだった。

恋人である七海のことを考えると、申しわけないと思う。だが、自分の心に嘘はつけなかった。

（腹、減ったな……）

疲れきっていたが、腹は減っている。作るのは面倒なので、晩飯を買うためコンビニに行くことにした。

のっそり起きあがって服を着る。コンビニに行くだけなので、財布だけ持って玄関に向かうとスニーカーを履いた。ドアを開けると、冬の冷たい空気が全身を包みこんだ。

「寒っ……」

思わず肩をすくめてつぶやいた。

大家の部屋の前をそっと通りすぎて道路に出る。すると、あたりは夕日で燃えるようなオレンジに染まっていた。

西の空を見あげれば、雲が眩い黄金色に輝いている。思わず目を細めたそのとき、車の激しいエンジン音が急接近してきた。

はっとして道路に視線を向ける。すると、目の前の横断歩道を渡っている女性に、白いセダンが猛スピードで向かっていた。

「危な——」

突然のことで声をあげる暇もなかった。

ドンッという低い音とともに、女性の身体が宙に跳ねあがる。五、六メートルは軽く飛ばされただろうか。女体はアスファルトの上にドサッと落ちて、それきり動かなくなった。

（うわっ……た、大変だ）

とっさにどうすればいいのかわからない。目の前で人が撥ねられる瞬間を目撃して、完全にパニック状態に陥っていた。

女性を撥ねた乗用車は路肩に停まり、運転手がハンドルに突っ伏している。人を撥ねたショックで動けなくなっているようだ。

（な、なんとかしないと……）

とにかく、仰向けに倒れている女性のもとに駆け寄った。

年のころは二十歳前後だろうか。どこかで見たことがある気もするが、慌てているので思い出せない。とにかく、彼女は目を強く閉じており、苦しげに眉根を寄せていた。

「大丈夫ですか？」

呼びかけてみるが、低く唸るだけで反応はない。あれだけ飛ばされたのだ。頭を打っている可能性が高かった。

（きゅ、救急車……で、電話だ）

ようやく、やるべきことを思い出す。ところが、こういうときに限ってスマホを持っていなかった。

自分の部屋に戻るより、大家さんの部屋に行くほうが早いかもしれない。そんなことを考えていると、遠くから救急車のサイレンが聞こえてきた。すでに誰かが通報してくれたらしい。

「も、もうすぐ、救急車が来ますよ」

頭を打っているかもしれないので、下手に触れないほうがいいだろう。陽二郎にできるのは声をかけることだけだった。

「がんばってください。もうすぐ助けが来ますから」

命に別条がないことを祈りながら、懸命に励ましつづけた。

彼女の赤いトレンチコートの前がはらりと開いており、黒地に小花を散らした柄のワンピースが見えている。身体は冷やさないほうがいいだろう。陽二郎はブルゾンを脱ぐと、女体にそっとかけた。

第三章　快楽リピート

1

アラームが鳴り響いて、陽二郎は目を覚ました。すかさず、目覚まし時計のボタンを押してアラームを切った。

（朝か……）

眠りが浅く、なんとなく体に怠さが残っていた。

昨日、事故を目撃したせいだろう。女性が救急車で運ばれるのを見届けてからコンビニに向かったが、すっかり食欲が失せていた。それでも、なにか食べなければとシャケ弁当を買って、無理やり胃に押しこんだ。

横になったまま、昨日のことを思い返す。

小百合を相手に童貞を卒業できたのはよかったが、今、頭にあるのは麻里奈のことだ。せっかく初恋の人が迫ってきたのに拒んでしまった。今後、どう接すればいいのかわからなかった。

（でも、大悟のことは裏切らなかったぞ）

胸のうちで力強くつぶやいた。

麻里奈とセックスするチャンスは二度とないだろう。昨日は、だが、友情は守ることができた。それを誇りに思って生きていくつもりだ。

七海に対しては、申しわけない気持ちでいっぱいだった。勢いでつき合いはじめたが、やはり心は麻里奈に向いていた。七海のことも好きだが、麻里奈を想う気持ちのほうが大きかった。

（あれ、そういえば……）

どうして目覚まし時計が鳴ったのだろう。

今日は日曜日で予定もないので、寝る前に目覚ましをセットしていない。何度も確認したので間違いなかった。

いやな予感がする。

陽二郎は跳ね起きると、卓袱台に置いてあったスマホを手に取った。おそるおそる画面をのぞきこみ、今日の日付を確認した。

一月十六日、土曜日——。

思わず眉間に縦皺を刻みこんだ。

今日は日曜日のはずだ。いくらなんでも、昨日の出来事が夢ということはないだろう。

リモコンでテレビをつけてみる。すると、昨日の朝と同じように天気予報が流れていた。

「本日、土曜日は快晴に恵まれて、行楽日和と——」

聞き覚えがある。お天気お姉さんは昨日も同じことを言っていた。

ピンクのヒラヒラしたブラウスも印象に残っている。この少女チックな服を見間違えるはずがない。同じ服を二日つづけて着て、前日と同じセリフを言うことはまずないだろう。

(ま、まさか……い、いや、そんなはずは……)

ある考えが脳裏に浮かび、慌てて首を振って打ち消した。

しかし、どうしてもその考えから逃れられない。ほかの可能性を探るが、なにも思いつかなかった。

（くり返してる……のか？）

心のなかでつぶやくだけで、全身の皮膚に鳥肌がひろがっていく。

夢を見たのではなく、同じ日を何度もくり返している。常識的に考えれば、そんなことあるはずがない。そんなのはＳＦ映画の世界だけだ。しかし、くり返していると考えると、すべての辻褄が合う気がした。

昨日の七海の服装に見覚えがあったのも、彼女の母親が倒れて慌てて帰ったのも覚えがあった。大悟が会社から呼び出されて帰ることになるのも、麻里奈が祝いの品を渡そうとするのも事前にわかっていた。

そして、麻里奈が迫ってくることまで知っていたのだ。あのまま受け入れていれば、童貞を卒業できていただろう。いや、小百合とセックスしたのだから、結果は同じと言えるかもしれない。

（いや、待てよ……そもそも、その前の〝昨日〟、麻里奈とセックスしてるんだ）

あれが夢ではなく現実だったのなら、やはり麻里奈が初体験の相手ということになる。

つまり、昨日は二度目のセックスだった。だから、ほんの少し余裕があり、小百合を絶頂に追いあげることができたのかもしれない。女壺の快楽を知ったことで、なんとか耐えられたのではないか。

（やっぱり、そうなんだ……）

予知夢を見たのかと思ったが、そうではなかったらしい。実際に体験したからこそ、激しいピストンをくり出すことができたのだ。

そして、土曜日の夜に眠り、翌朝になって目が覚めると再び土曜日の朝になっている。十六日、土曜日の朝を経験するのは、今朝が三度目だ。今日もまた同じことが起こるに違いなかった。

（でも、どうしてこんなことに？）

今こうして考えていること自体、すべてが夢という可能性もある。なにが起きているのか、さっぱりわからなかった。

なぜ土曜日をくり返すのだろう。

このままだと、いつまで経っても未来に進まないことになる。これが一生つづくと思うと、だんだん恐ろしくなってきた。

（そ、そんな……）

絶望感がこみあげて、胸にじんわりひろがっていく。だが、その直後、あることに気がついた。

本当に十六日の土曜日をくり返すのなら、毎日、麻里奈が迫ってくることになる。陽二郎がその気になれば、これから先ずっと麻里奈とセックスして暮らすことができるかもしれない。

（それなら、それで……）

悪くない気がする。むしろ理想的な生活ではないか。

でも、親友の大悟を裏切るのは心苦しい。それに恋人の七海に対しても申しわけない気持ちでいっぱいだった。

（やっぱりダメだ）

自分に言い聞かせるように心のなかでつぶやいた。

しかし、拒んだときの麻里奈の悲しげな表情が忘れられない。再び迫られたとき、昨日のように拒絶する自信がなかった。

だからといって、受け入れるわけにもいかない。どうするのが正解なのか、いくら考えてもわからなかった。

悶々と考えているうちに、午前十時が迫ってきた。

もうすぐインターホンが鳴るはずだ。そう思った直後に、ピンポーンというチャイムの音が響いた。

「はい……」

陽二郎は立ちあがると、インターホンのパネルに歩み寄る。そして、液晶画面を見つめながら語りかけた。

「七海です」

白いダウンコートを着た七海が微笑んでいた。

「どうぞ、入って」

玄関に向かうと、とにかく七海を迎え入れる。懸命に平静を装うが、頭のなかは混乱していた。

（なんとかしないと……）

みんなを悲しませない方法を必死に考えながらも、七海がダウンコートを脱ぐ瞬間を待ち受けてしまう。

やはり、ダウンコートの下に着ていたのは、赤いチェックのミニスカートと黒いハイネックのセーターだ。例によって、大きな乳房のまるみが生々しく浮き出ていた。

（こ、こんなときに、なにをやってるんだ……）

心のなかで自分を戒めるが、どうしても彼女の胸もとを凝視してしまう。たっぷりした乳房が気になって仕方なかった。

「なんか散らかってますね」

七海は卓袱台を見てつぶやいた。

コンビニ弁当の空き容器やペットボトル、それに雑誌などが置きっぱなしになっていた。今日はあまりにも動揺していたため、掃除のことなどまったく頭になかった。

「ご、ごめん、汚かったね」

「男の人のひとり暮らしだから、仕方ないですよね」

七海は気を悪くした様子もなく、卓袱台の上を片づけてくれる。そんな姿を見ていると、申しわけない気持ちがこみあげてきた。

(俺は、こんないい子を裏切ったのか……)

あらためて自分の罪を自覚する。それと同時に、これまで見なかった光景に驚かされた。

(これは……)

なにかわかりそうで、必死に頭を回転させる。

陽二郎が掃除をしなかったから、七海が代わりに掃除をしてくれた。今までになかったことだ。もしかしたら、陽二郎が行動を変えることで、未来は変わるのではないか。

（そうか……そういうことなら……）

誰も悲しむことなく、麻里奈の誘いを断ることができるかもしれない。

本心ではセックスしたいと思っている。だが、自分が欲望に走ることで、親友と恋人を裏切ってしまうのだ。だからといって、麻里奈を拒めば、深く傷つけることになるのはわかりきっていた。

「もう……なに見てるんですか？」

七海が照れたような笑みを浮かべる。陽二郎は乳房を見つめたままだったことに気づき、慌てて視線をそらした。

「そ、そうだ、コーヒーを入れるよ」

いったんキッチンに逃げると、これからの作戦を考える。なんとかして、流れを変えなければならなかった。

七海はベッドに座り、テレビをぼんやり眺めている。

このあと話していると、彼女の父親から電話があるはずだ。そして、母親が過労で倒れたと聞き、慌てて千葉の実家に帰ってしまう。

（それなら、七海ちゃんが残ってくれれば……）

麻里奈とふたりきりになることはない。そうなれば、過ちが起きるのを事前に防げるのではないか。

七海の母親は倒れたとはいえ、ただの過労だという。それなら、なんとか引きとめることができるかもしれない。

「大悟さんの奥さんって、どんな人なんですか？」

テレビを眺めながら七海が尋ねてくる。

そのとき、微かな違和感を覚えた。これまでは聞き流していたが、三回目となるとさすがに気になる。

恋人の陽二郎を呼ぶときは「小島さん」なのに、大悟のことは「大悟さん」と下の名前になっている。自分は会社の先輩なので仕方ない部分もあるが、なにかが心に引っかかった。

「麻里奈ちゃんは物静かで……やさしい人だよ」

「ふうん……わたしとは全然違う感じですか？」

さりげなさを装っているが、七海はどこか探るような口調になっている。

陽二郎はマグカップにやかんの湯を注ぎながら、思わず首をかしげた。七海はなにを気にしているのだろうか。

そのとき、スマホの着信音が響き、七海は断ってから電話に出た。

もはや見慣れた光景だ。七海は驚きの声をあげて、心配そうにやり取りをしていた。

「今、お父さんから、お母さんが倒れたって……」

電話を切ると、さっそく陽二郎に報告をはじめる。だが、ここで帰らせるわけにはいかなかった。

「ただの過労だって言ってるけど――」

「過労か。それなら安静にしておくしかないね。お父さんもいることだし、まかせておけば大丈夫じゃないかな」

先手を打って、彼女が帰ると言い出す前に提案する。ところが、七海は首を小さく左右に振った。

「でも、心配だから……」

「お母さんは疲れてるんだから、そっとしておいてあげたほうがいいんじゃないかな。七海ちゃんが行ったら、かえって気を遣わせてしまうかも」

陽二郎は彼女を帰すまいと、懸命に説得した。

「わたしの顔を見たら、元気になってくれるかも」

七海も引きさがろうとしない。

「お母さんの顔を見たら、すぐに帰ってくるつもりです。それなら構わないですよね」

彼女がこれほど強く自分の意見を押し通すのははじめてだ。いつになく、むきになっているのが気になった。

「確か実家はそんなに遠くないんだよね。慌てなくても大丈夫だよ」

「どうして、そんなことばっかり言うんですか？」

気づいたときには、七海の瞳に涙が滲んでいた。

「わたしのお母さんのことなんて、どうでもいいんですね」

「そ、そういうわけじゃ……ごめん」

彼女の機嫌を損ねてしまった。

これ以上、引きとめることはできない。陽二郎は説得を断念して、七海が実家に帰るのを見送った。

（まずい、このままだと……）

もうすぐ大悟と麻里奈がここに来る。そして、大悟は会社から緊急呼び出しがあり、麻里奈を残して帰ってしまうのだ。

（ふたりきりになったら、また……）

きっと彼女は迫ってくる。

はたして誘惑を拒めるのか。仮に拒めたとして、彼女を傷つけずにすむのだろうか。

（そんなの無理だ……）

やはり二度と過ちを犯してはならない。誰も不幸にならないようにするには、どうすればいいのだろうか。

そのとき、はっと思いついた。

今まで気づかなかったのが不思議なほど、簡単な方法があった。陽二郎は慌ててスマホを手にすると、大悟の番号を表示させてタップした。

「おう、今、駅に着いたところだ」

電話がつながったと思ったら、大悟の呑気な声が聞こえてくる。すでに最寄りの駅まで来ていた。

「悪いんだけど……今日の予定、キャンセルしてもらえないかな」

陽二郎は遠慮がちに切り出した。

「おいおい、急だな。どうしたんだよ？」

大悟が怪訝《けげん》な声で尋ねてくる。もう近くまで来ているのだから、むっとするのも当然だった。

「腹の具合が悪くて……ほ、ほんと……ご、ごめん」

嘘をつくのは苦手だが、そう言うしかない。心苦しさから言葉につまるが、それがかえって嘘に説得力を持たせていた。

「ずいぶん調子悪そうだな。悪いもんでも食ったのか？」

大悟の声が心配そうな響きに変化する。ますます心苦しくなるが、嘘を突き通すしかなかった。

「ちょっと寝冷えしただけだよ。薬を飲んだから、安静にしてれば大丈夫だと思う」

「そうか。じゃあ、今日は無理しないほうがいいな。なんかあったら、遠慮せずに連絡しろよ」

「う、うん……悪いね。麻里奈ちゃんにも、ごめんって言っておいて」

「おう、こいつは大丈夫だよ」

大悟が軽い感じで返事をした。

片想いの女性のことを「こいつ」と言われて胸が痛む。大悟と麻里奈は夫婦なのだから、なんの不思議もない。だが、陽二郎にとっての麻里奈は、天使のように尊い存在だった。

「じゃ、じゃあ、悪いけど……」

「お大事にな」

大悟のほうが先に電話を切る。静寂が訪れると同時に、重い疲れが全身にどっとひろがった。

これで大悟と麻里奈がここに来ることはない。

過ちを犯す危険は回避できた。しかし、どうして土曜日をくり返すのか、謎は解けていなかった。

(俺……どうなっちゃうんだ?)

根本的には、まだなにも解決していない。胸のうちで、かつてない不安が渦巻いていた。

2

もうすぐ、午後二時になろうとしていた。

七海はそろそろ実家から帰ってきただろうか。

さっきは母親の顔を見たら、すぐに帰ると言っていた。実家までは一時間もかからないと聞いている。本当に長居せず、実家をあとにしたのなら、アパートに着いていてもおかしくなかった。

(電話をかけてみるか)

スマホを手に取り、電話帳を開いた。しかし、七海の番号をタップする寸前で踏みとどまった。

先ほどは引きとめたい一心で、七海の気持ちを考えていなかった。今、電話をかけても、まともに受け答えしてくれないのではないか。どうせなら直接会って、関係を修復しておきたかった。

(ちょっと行ってみるか)

下手に電話をすると、会ってくれない気もする。彼女のアパートは隣駅だ。二十分もあれば着くので、思いきって行ってみることにした。

急いで着替えると、スマホと財布をブルゾンのポケットに突っこんだ。アパートを出て、早足で駅に向かった。

（おかしいな……）

陽二郎は思わず首をかしげた。

七海の部屋はアパートの二階だ。通りに面している窓ごしに、人影が見えた気がした。レースのカーテンがかかっているので確信はないが、てっきり七海が帰っているのだと思った。

ところが、インターホンを鳴らしても応答がない。先ほどの人影は見間違いだったのだろうか。なにか釈然としなかった。

（まさか、泥棒ってことはないよな？）

ふといやな考えが脳裏に浮かんだ。もしそうだとしたら、放っておくことはできなかった。

ドアノブをそっとまわしてみる。すると、鍵はかかっていなかった。まさかと思いながら恐るおそるドアを開ける。玄関をのぞきこむと、男物の靴があるのを発見した。

（やっぱり、泥棒……け、警察を……）

ポケットからスマホを取り出そうとする。だが、すぐに思い直した。

靴があるだけで、まだ泥棒がいると決まったわけではない。もし誰もいなかったら、七海に迷惑をかけてしまう。

（よ、よし……）

確かめるため、陽二郎は玄関に体を滑りこませた。

不法侵入になるが仕方がない。なにしろ、恋人の部屋に泥棒が侵入しているのかもしれないのだ。怖くないと言えば嘘になる。だが、なにかに突き動かされるように、スニーカーを脱いで部屋にあがりこんだ。

二度ほど来たことがあるので室内の様子はわかっている。

間取りは1DKだ。玄関を入ってすぐのダイニングキッチンに人影は見当たらない。奥にある引き戸の向こうは六畳の寝室になっている。足音を忍ばせて進んでいく。すると、引き戸ごしに微かな物音が聞こえた。

（だ、誰かいる）

とたんに胸の鼓動が速くなった。

逃げ出したくなるが、もしかしたら七海かもしれない。通報する前に、目で見て確認したほうがいいだろう。

「あンっ……」

そのとき、女性の甘い声が聞こえた。

思わず眉間に縦皺を刻みこむ。なにやら艶めいた響きが、新たな不安をかき立てた。

引き戸の取っ手に指をかけると、音を立てないように細心の注意を払い、ほんの数ミリだけ隙間を作る。それだけで全身汗だくになってしまう。額に滲んだ汗を手の甲で拭うと、引き戸の隙間に片目を近づけた。

（なっ……）

思わず声をあげそうになり、ギリギリのところで呑みこんだ。

レースのカーテンごしに差しこむ昼の陽光が、寝室のなかを明るく照らしていた。窓際にベッドがあり、まっ白なシーツが敷かれている。そこに白い裸身をさらした七海が横たわっていた。

七海の裸を見るのはこれがはじめてだ。

仰向けになっていても、大きな乳房は張りを保っている。乳首は鮮やかなピンクで、ぷっくり隆起していた。陰毛がとても薄くて、白い地肌が透けて見えるほどだった。

こんな形で恋人の裸身を目にするとは思いもしない。なにしろ、彼女の隣には裸の男が寄り添っているのだ。筋肉質でがっしりした体に圧倒される。中肉中背の陽二郎とは比べものにならない逞しい男だった。

そいつは七海の肩になれなれしく手をまわしている。グッと抱き寄せて、唇をぴったり重ねていた。

(な、なんだ……これは?)

陽二郎は頭をハンマーで殴られたような衝撃を受けた。

ふたりは裸でディープキスに没頭している。恋人の七海が自分以外の男とキスをしているのだ。それだけでも激しいショックを受けているのに、男の顔には見覚えがあった。

(だ、大悟……)

見間違えるはずがない。男は親友の大悟だった。

なにが起きているのか理解できない。陽二郎は引き戸の隙間に顔を寄せたまま、身動きが取れなくなった。

どうして、七海の部屋に大悟がいるのだろう。そして、なぜ裸で横になり、キスをしているのだろう。

ピチャッ、クチュッという唾液の弾ける音が聞こえてくる。ふたりが舌をからませているのは間違いない。大悟が無理やり唇を奪っているのではなく、七海も積極的に応じている証拠だった。

(な、七海ちゃん……どうして……)

七海はうっとりした横顔をさらしている。彼女のこんな表情を見るのははじめてだった。

「はあンっ……大悟さん」

キスの合間に七海がつぶやく。濡れた瞳で見つめれば、大悟は応じるように再び唇を重ねていった。

舌を深くからませると、大悟が乳房をゆったり揉みあげる。柔肉に指を沈みこませては、先端で揺れるピンクの乳首を指で摘まんで転がした。とたんに女体がピクッと反応して、腰が艶めかしくくねった。

「なあ、もう一回、いいだろ?」

今度は大悟がささやいた。そして、七海の答えを待たず、女体に覆いかぶさっていく。脚の間に入りこむなり、いきり勃っているペニスを彼女の股間に押し当てた。

「あっ……またするの？」

七海は困惑の声を漏らすが、いやがっている様子はない。それどころか、挿入をうながすように、男の腰に両手を添えた。

「呼び出したのは七海ちゃんじゃないか。陽二郎に悪いと思わないのか？」

「思うけど……小島さん、奥手だから退屈なんだもの」

信じられない言葉だった。

まさか、七海の唇からそんな言葉が紡がれるとは思いもしない。陽二郎が童貞だったこともあるが、彼女を大切にしたかった。いきなり手を出して、身体目当てと誤解されるのを恐れていた。

だが、七海は早く抱かれたいと思っていたのだ。陽二郎は彼女の気持ちがまったくわかっていなかった。

「それに、ひと目見て、大悟さんのことが気に入ったから」

「俺もだよ。七海ちゃんにひと目惚れだよ」

ふたりがはじめて会ったのは二週間前のことだ。

街でばったり会って喫茶店に入ったのだが、大悟と七海はやけに盛りあがっていた。あの一度で意気投合してしまったのだろう。

「でも、陽二郎には悪いと思ってるよ」

「今さら、なに言ってるんですか……あンっ」

七海がからかうように言って、自ら股間を押しつける。ペニスの先端が膣口に埋まったのか、唇から甘い声が溢れ出した。

「はああンっ……わたしたちが会ってるなんて思いもしませんよ。小島さん、そういうところ鈍いから」

「かわいい顔してるのに悪い女だな」

「大悟さんだって、オチ×チン、こんなに硬くして……ああっ」

大悟が腰を押し進めて、ペニスが入ってきたのだろう。七海の顎が跳ねあがり、喘ぎ声が寝室に響き渡った。

母親が倒れたというのは嘘だったらしい。おそらく、大悟の会社からの緊急呼び出しも嘘だろう。はじめから、ふたりは口裏を合わせて、こうして密会するつもりだったのだ。

「あっ……あっ……大悟さん」

「すごく濡れてるよ……くうぅッ」

七海の喘ぎ声と大悟の呻き声が交錯する。ふたりはいつしか腰を振り合い、快楽を分かち合っていた。

（大悟、七海ちゃん……やめてくれ……）

陽二郎は心のなかでつぶやくだけで、寝室に踏みこむ勇気はなかった。

完全にふたりの世界ができあがっており、もうなにを言ったところで無駄な気がした。

「あンっ、ああンっ、気持ちいいっ」

「お、俺も……くおおおッ」

昂りに合わせて、喘ぎ声と呻き声が大きくなる。

七海が両手をひろげれば、大悟が体を伏せてしっかり抱き合った。密着しての正常位で腰を激しく振り立てる。ペニスで膣をかきまわす湿った蜜音が、陽二郎の耳にも届いていた。

（ウ、ウソだ……ウソだろ……）

まさか自分が裏切られていたとは思いもしない。のぞき見しているうちに、だんだん怒りがこみあげてきた。

（でも、俺も……）

陽二郎も麻里奈と不貞を働いたのだ。それを考えると、ふたりを責めることはできなかった。

「ううッ、そんなに締めたら……うううッ」

「あッ、あッ、気持ちいい、気持ちいいっ」

どうやら絶頂が迫っているらしい。大悟の腰の動きが速くなり、七海の喘ぎ声が切羽つまってきた。

童貞だったころにはわからなかったが、今なら容易に想像がついてしまう。ふたりは最高潮に盛りあがっているところだ。息を合わせて、今まさに昇りつめようとしていた。

「おおおッ、七海ちゃんっ」

「ああッ、大悟さんっ、来てぇっ」

七海が大悟の体にしがみつき、両手を背中にまわして爪を立てる。両脚も腰にからみつかせて、彼女は自ら股間を思いきりしゃくりあげた。

「くおッ、い、いくぞっ、くおおおおおおッ！」

大悟が呻き声を発して、がっしりした体を震わせる。彼女のなかで射精しているのは明らかだ。全身の筋肉が力んで、大きな背中が波打った。

「はあああッ、い、いいっ、イクッ、イクううッ！」

七海が絶頂を告げて、ますます男の体にしがみつく。女体に痙攣が走り、エクスタシーの嵐に呑みこまれるのがはっきりわかった。

（くっ……）

陽二郎は奥歯を強く嚙みしめた。

心は麻里奈に向いているのに、七海を寝取られて屈辱にまみれている。自分でも七海のことがどれくらい好きなのかわからない。そんな状態で自分勝手だと思うが、それでも悔しくてならなかった。

怒りがこみあげて拳を握りしめた。

その怒りは大悟に対するものなのか、それとも七海に対するものなのか。あるいは、先にふたりを裏切った自分自身に向けられたものなのか、陽二郎もわかっていなかった。

3

午後四時──。

陽二郎は自室のベッドに力なく座りこんでいた。

七海のアパートをそっと抜け出したところまでは覚えている。寝室に怒鳴りこむ気力もなく、尻尾を巻いて逃げ出した。自分も麻里奈と浮気をしたことを考えると、なにも言えなかった。

外に出ると頭がまっ白になり、そこから記憶が途絶えている。きっとショックが大きすぎたのだろう。それでも帰巣本能が働いたのか、気づくと自室にたどり着いていた。

インターホンのチャイムが鳴った。

しかし、立ちあがるのが面倒だ。陽二郎はベッドに座りこんだまま、顔すらあげなかった。

何度かインターホンが鳴り、さらに玄関ドアをノックする音が響いた。それでも反応せずにいると、しばらくしてドアが開けられたのがわかった。

「陽二郎くん……いるんでしょ？」

遠慮がちな女性の声が聞こえた。

麻里奈だ。学生時代から何年も想いつづけている女性の声を、聞き間違えるはずがなかった。

「具合、悪いの？　入るわよ」

彼女の言葉で思い出す。

今日、大悟と麻里奈が遊びに来るはずだったが、腹の具合が悪いと嘘をついて急遽断ったのだ。不貞を避けるための苦肉の策だったが、彼女はそれを信じているのだろう。

麻里奈が部屋に入ってくる気配がする。それでも、陽二郎はうつむいたまま動かなかった。

「起きてたの？」

足音がとまり、驚いた声が聞こえてくる。

陽二郎が返事をしなかったので、寝ていると思ったのかもしれない。一拍置いて、麻里奈はすぐ側まで歩み寄ってきた。

「なにか、あったの？」

隣に腰かけると、穏やかな声で語りかけてくる。だが、その声には探るような響きも含まれていた。

なにか言ったほうがいいのかもしれない。でも、今は口を開く気力すらなかった。なにしろ、大悟と七海の不倫現場を目の当たりにしたのだ。激しく動揺しており、どうすればいいのかわからなかった。

異変を感じ取ったのだろう。麻里奈はそれ以上なにも尋ねてこなかった。

重苦しい沈黙がひろがっている。いつしか、窓から差しこむ日の光が傾いていた。オレンジがかった光が足もとを照らしている。麻里奈のストッキングに包まれた足が、視界の隅にチラリと映った。

「どうして……ここに？」

陽二郎はポツリとつぶやいた。

「具合が悪いって、聞いてたから」

麻里奈は穏やかな声で答えてくれる。

だが、本心ではない気がした。なにか話したいことがあって、ここに来たのではないか。そんな気がしてならなかった。

麻里奈がベッドに腰をおろす。まだ遠慮があるのか、陽二郎と少し距離を空けていた。時間とともに、この距離は短くなるかもしれない。そのとき、彼女を拒めるのか自信がなかった。

「それとね、大悟のことで、話があって……」

麻里奈はなにやら言いにくそうに切り出した。

聞くのが怖い気がする。数時間前、大悟と七海がセックスしていたのを目撃したばかりだ。生々しい様子が脳裏に浮かび、無意識のうちに自分の膝を強くにぎりしめていた。

「じつはね……大悟が浮気してるみたいなの」

麻里奈の声はひどく淋しげだ。夫に裏切られたショックで打ちひしがれているようだった。

陽二郎はうつむかせていた顔をあげた。

隣に視線を向けると、そこには悲しげな麻里奈の顔があった。今にも涙がこぼれそうなほど瞳が潤んでいる。ほんの一瞬、視線が重なるが、今度は彼女のほうが顔をうつむかせた。

「二週間くらい前から様子がおかしくて……フワフワしてるっていうか、心ここにあらずっていうか……とにかく、いつもの大悟じゃなかったの」

麻里奈はか細い声で話してくれる。二週間前といえば、大悟に七海を紹介したころだ。

（やっぱり、そうか……）

思い返すと、あの日を境に七海からのメールが減った気がする。きっと、ふたりは意気投合して、こそこそやり取りをしていたのだろう。

「いけないと思ったんだけど、どうしても確かめたくて……大悟のスマホを見てしまったの」

夫の不貞を告白するのがよほどつらいのだろう。麻里奈の声は消え入りそうに小さくなっていた。

大悟のスマホには、浮気相手の女性とやり取りしたメールが多数残っていたという。今日も密会する約束をしており、大悟は相手の女性の部屋に行くことになっていた。

「それでね、大悟の浮気の相手なんだけど……」

麻里奈はそこまで言って黙りこんだ。

夫の浮気相手は、陽二郎の恋人なのだ。申しわけないという気持ちがこみあげたのだろう。目尻に滲んだ涙を、指先でそっと拭った。

「麻里奈ちゃんが罪の意識を感じることはないよ」

今度は陽二郎のほうから語りかけた。

これ以上、麻里奈を苦しめたくなかった。ただでさえ傷ついているのに、彼女の口から言わせるのは酷だった。

「でも――」

「いいんだ」

まだ麻里奈はなにか言おうとするが、陽二郎は即座に言葉をかぶせて、やんわりと遮った。

「俺も知ってるんだ。大悟と七海ちゃんのこと」

静かに告げると、彼女の目が大きく見開かれた。

「ど、どうして？」

「この目で見ちゃったんだよ。ふたりが会ってるところ」

「見たって……」

麻里奈が恐るおそるといった感じで尋ねてくる。彼女にとってもつらい事実になるが、話さないわけにはいかないだろう。

「俺、七海ちゃんの部屋に行ったんだよ。そうしたら、大悟がいたんだ」

陽二郎は今日の出来事をかいつまんで説明した。

七海は実家に帰ると嘘をついて、大悟と密会していたこと。そして、ふたりが裸で抱き合っていたこと。さすがにセックスの詳細は省いたが、なにをしていたかは伝わっただろう。

「ひどい……あんまりよ」

麻里奈はうつむいて肩を震わせた。

静かな部屋に彼女の嗚咽が響き渡る。抱きしめたい衝動がこみあげるが、理性を総動員して踏みとどまった。

同じ想いを抱えている今、接近するのは容易だろう。もしかしたら、麻里奈のほうから迫ってくるかもしれない。陽二郎が押し倒したとしても、彼女は受け入れてくれるだろう。

（でも……）

弱みにつけこむような真似はしたくない。

もちろん、麻里奈とセックスしたい気持ちはある。しかし、こういう状況で慰め合うのは違うと思う。無理だとわかっているが、麻里奈とはしっかり心を通わせて結ばれたかった。

「陽二郎くん」

麻里奈が腰を浮かせて、距離をつめてくる。だが、陽二郎はすかさず首を小さく左右に振った。

「俺……ひとりになりたいんだ」

心を鬼にしてつぶやいた。

「そうだよね……わたしも同じ気持ちよ。まさか、大悟が……しかも、陽二郎くんの彼女となんて」

「俺も信じられなかったけど……」

「ねえ……いっしょにいちゃダメかな」

麻里奈の声は悲しげに震えている。そして、許可を求めるように、陽二郎の横顔を見つめてきた。

(ダ、ダメだ。目を合わせたら……)

視線を交わすと情が移ってしまう。勢いだけでセックスすれば、絶対に後悔すると経験上わかっていた。

「ごめん、悪いけど……」

あえて抑揚のない声で言い放った。

この先どうなるかわからない。これが最後のチャンスかもしれない。だが、後悔するセックスは二度としないと心に決めた。

麻里奈は指先で涙を拭うと無言で立ちあがる。そして、振り返ることなく部屋から出ていった。

（麻里奈ちゃん……）

思わずベッドから腰を浮かしかける。

だが、追いかけたところで、彼女にかける言葉を持ち合わせていない。今は距離を置くしかなかった。

陽二郎は再びベッドに腰をおろした。

胸が苦しくなり、熱いものがこみあげて目から溢れそうになる。下唇を嚙みしめて、懸命にこらえるしかなかった。

4

ブルゾンを羽織ると、財布をポケットにねじこんで外に出た。

コンビニに酒を買いに行くつもりだ。食欲はないが、酒が飲みたかった。今日はいろいろなことがありすぎた。このままでは、頭がごちゃごちゃしてパンクしそうだ。酒でも飲んで張りつめた心を緩めたかった。

道路は夕日でオレンジに染まっていた。

そのとき、赤いトレンチコートを着た女性の背中が目に入った。ちょうど横断歩道を渡ろうとしているところだ。

(これって……)

はっとして道路の先に視線を向ける。すると、白いセダンがこちらに向かって走ってくるのが見えた。

歩行者用の信号が青に変わった。だが、このままだと彼女は車に撥ねられてしまう。あの車は赤信号を見落として突っこんでくるのだ。昨日、この目で見たのだから間違いない。

「危ないですよ」

陽二郎はとっさに声をかけると、横断歩道を渡ろうとしている女性の腕をつかんで引き戻した。

「あっ……」

彼女は小さな声を漏らしてバランスを崩してしまう。反射的に女体を抱きとめると、白いセダンは猛スピードで目の前を走り抜けていった。

(ふぅっ……危なかった)

ほっと胸を撫でおろした。

昨日は女性が撥ねられる瞬間を目撃したのだ。未然に防ぐことができて本当によかった。

「あ、あの……」

彼女が腕のなかで遠慮がちにつぶやいた。

そのときはじめて、まずい事態になっていることを悟った。女体を後ろから抱きしめる形になっていた。しかも、両手がコートの上から乳房のふくらみに重なっていたのだ。

「し、失礼しましたっ」

陽二郎は慌てて体を離すと、頬をひきつらせながら頭をさげた。

彼女が暴走車に危険を感じていなければ、痴漢扱いされてもおかしくない。人助けのつもりが、最悪の事態に発展するかもしれなかった。

「あ……ありがとうございました」

消え入りそうな声が聞こえた。

どうやら、危ないところだったと把握しているようだ。礼を言われたことで、今度こそ陽二郎は心から安堵した。

「同じアパートに住んでる方ですよね」

そう言われて、彼女の顔を見つめ返す。そして、ようやく隣の部屋に住んでいる女性だと気がついた。

「あぁっ、ど、どうも……」

隣人だとわかっても、とくに会話は広がらない。なにしろ、たまに顔を合わせたときに会釈する程度で、名前も知らなければ、まともに言葉を交わしたこともなかった。

「わたし――」

彼女はまるで陽二郎の内心を見抜いたように自己紹介をはじめた。

本城由衣《ほんじょうゆい》、二十歳の女子大生だという。一応、陽二郎も自己紹介すると、彼女は満足げにうなずいた。

「陽二郎さんは、どこかにお出かけするところだったんですか?」

なぜか由衣は積極的に話しかけてくる。しかし、陽二郎は人と話す気分ではない。今夜はひとりになりたかった。

「ちょっと、コンビニに……じゃあ、これで」

そのまま立ち去ろうとするが、彼女はすっと前にまわりこんできた。

「あの……お礼をさせていただけませんか」

なにやら切実な瞳を向けられてドキリとする。なにかはわからないが、由衣の瞳から訴えかけてくるものがあった。

「いや、でも……」

事情があるようだが、それでも躊躇してしまう。今は誰かと談笑する気分ではなかった。

「買い物があるので、失礼します」

取り合うことなく、コンビニに向かおうとする。ところが、ふいに手首をつかまれた。

「お願いします。じつは知り合いなんです」

なにやら必死な様子で語りかけてくる。しかし、意味がわからず、陽二郎は思わず首をかしげた。

よく見ると、可愛らしい顔立ちをしている。髪は明るい色のセミロングで、冷たい風に吹かれてサラサラなびいていた。黒目がちの大きな瞳は潤んでおり、懇願するように見つめてきた。

「さっきの車を運転していたの、元彼なんです」

由衣の言葉に驚かされる。狙われていたということだろうか。そうなってくると、話はまったく違ってくる。

「どういうことですか？」

深入りするつもりはなかったが、気になって思わず尋ねていた。

「彼に呼び出されて、駅前の喫茶店に行くところだったんです。そうしたら、急に車が……」

やはり狙われていたのだ。由衣が外に出てくるのを待ち構えて、車で突っこんできたに違いなかった。

「それは——」

あまりにも悪質だ。警察に訴えたほうがいい。だが、それを提案する前に、彼女は涙をこぼしはじめた。

「話を聞いてもらえませんか？」

由衣は必死に語りかけてくる。

きっとひとりになりたくないのだろう。あまりにもかわいそうで、突き放すことができなかった。

「わかりました」

陽二郎が答えると、彼女はほっとした様子で小さく息を吐き出した。

警察に行くのは、話を聞いてからでも遅くはないだろう。言われるまま、由衣の部屋に向かった。

女性の部屋にあがると、意味もなく緊張してしまう。間取りは陽二郎の部屋と同じだが、雰囲気はかなり違う。緑の絨毯が敷いてあり、カーテンは淡いピンクだ。ベッドは白で、小さなガラステーブルが置いてあった。

「どうぞ、座ってください」

ベッドを勧められて、一瞬とまどってしまう。だが、彼女が気にしていないのなら素直に従うべきだろう。意識していると思われそうなので、平気なフリをして腰かけた。

「お待たせしました」

キッチンに立っていた由衣が戻ってくる。紅茶の入ったティーカップをガラステーブルに置いてくれた。

由衣は当たり前のように隣に座った。黒地に小花を散らした柄のワンピースを着ている。裾がずりあがり、膝がチラリとのぞいていた。ストッキングを穿いていないので、白い肌がやけに生々しく映った。

「それで……なにがあったんですか?」

いきなりで申しわけないと思ったが、緊張をごまかすために陽二郎のほうから話を振った。

「彼は大学の先輩なんです」

由衣は小声でぽつりぽつりと語りはじめた。

「彼の浮気が原因で……わたしのほうから別れたいと言ったんです」

浮気と聞いて胸の奥がズクリッと痛んだ。

先日、陽二郎自身が麻里奈と浮気をしている。そして、今日は大悟と七海の浮気現場を目撃した。自分の話ではないのに、激しく動揺してしまう。記憶が新しいだけに、平静を装うのが大変だった。

「いったんは受け入れてくれたんです。それなのに、もう一度話し合いたいって電話があって……」

それで喫茶店に向かうところだったらしい。そこを狙われたというわけだ。

「やっぱり警察に行ったほうがいいと思いますよ」

陽二郎ははっきり告げた。

いつまた狙われないとも限らない。命を落とす前に、警察に相談するべきだと思った。

「警察はちょっと……根は悪い人ではないんです」

「いや、でも――」

「彼も本気ではなかったと思いますから」

どこか呑気というか、危機感が薄い気がする。撥ねられそうになったのに、なにを言っているのだろうか。

「今ごろ、彼も反省してると思うんです。わたしのことをちょっと驚かせようとしただけなんです」

由衣の言葉には、彼を擁護するような響きが見え隠れしている。

どうやら事の重大さをわかっていないらしい。まさか彼が本気だったとは、夢にも思っていないのだ。

(俺はこの目で見たんだ。あいつは本気で……)

奥歯をぐっと噛みしめた。

どうやって伝えればいいのだろう。自分が助けなければ確実に撥ねられていたのだ。なにしろ、陽二郎はその瞬間を目撃している。こんなことを言っても信じてもらえるはずはないが、元彼は本気で撥ねるつもりだったのだ。

「でも、一応、警察に報告したほうが……」

やんわりと提案するが、彼女は首を小さく左右に振った。

「彼、明日の飛行機で日本を発つことになっているんです。イギリスに留学するそうです。一年は帰ってこないと聞いています。向こうに行ってしまえば、もう、つきまとわれることもないですから……」

由衣は複雑そうな表情を浮かべていた。

撥ねられるところだったのに、それでも庇《かば》おうとしている。大事《おおごと》にしたくないだろうし、きれいに別れたいという思いもあるのかもしれない。きっと交際していたときは楽しかったのだろう。

──でも、殺されていたかもしれないんですよ。

喉もとまで出かかった言葉を呑みこんだ。

それを力説したところで、決して信じてもらえないだろう。それに由衣の気持ちも、なんとなくわかる気がした。つき合っていたときの思い出を穢《けが》したくないのではないか。

「俺も、彼女と上手くいってなくて……彼女、浮気をしていたんです」

ほとんど無意識のうちにつぶやいた。

本当は陽二郎も浮気をしたが、そこまで打ち明ける必要はないだろう。すると、由衣は同情するような表情でうなずいた。

「そうだったんですか……わたしたち、似た者同士ですね」

確かに、そうかもしれない。なんとなくシンパシーを感じたからこそ、陽二郎もこうして話す気になったのだろう。

「だから、陽二郎さんはやさしいんですね」

「い、いや、俺は……」

胸の奥に鈍い痛みが走った。

自分のことを話さなかったのが、心苦しくなってくる。浮気をしたのは自分も同じだ。大悟と七海を責める権利はない。由衣にやさしいと言われて、申しわけない気持ちがこみあげた。

「彼は……本当に留学するんですか？」

自分のことから話題をそらしたかった。元彼のことを尋ねると、由衣は小さくうなずいた。

「明日の便で……」

そう言ったきり黙りこんでしまう。

彼のことを庇いつつ、不安がこみあげてきたのかもしれない。見ているとかわいそうになってきた。

「ひとりで大丈夫ですか。もし、心配なら……」

陽二郎は遠慮がちにつぶやいた。

自分にボディガードが務まるとは思えない。それでも、女性がひとりでいるよりは安心だろう。

「ありがとうございます。やっぱり、やさしいです」

由衣は涙ぐみながら礼を言う。そして、陽二郎の手を握りしめてきた。

「ほ、本城さん……」

「朝まで、いっしょに居てもらえますか?」

懇願されると断れない。陽二郎は勢いに押しきられるように、こっくりうなずいていた。

「まだ、お礼をしていませんでした」

「そんなこと、気にしないでください」

陽二郎がそう言っても、彼女は引こうとしなかった。

「さっきコンビニに行くところだったんですよね。なにを買うつもりだったんですか?」

「酒でも飲もうかと思って……」

素直に答えると、彼女は立ちあがってキッチンに向かう。そして、缶ビールとコップをふたつ持ってきた。

「これでいいですか?」

「う、うん……」

由衣がコップにビールを注いでくれる。

よくわからないが、ふたりでビールを飲むことになった。傷ついた者同士で飲むのも悪くないかもしれない。今夜のビールはやけに苦い気がした。

5

由衣は酒があまり強くないらしい。ビールをコップに半分ほど飲んだところで、瞳がトロンとして目の下が赤くなった。

「まだ、お礼をしてないんですよね」

酔ってきたのだろうか。由衣は先ほどと同じことをつぶやいた。

「ビールをいただきましたよ」

陽二郎は即座に返すが、彼女は首を小さく左右に振った。

「そんなの、お礼になっていません」

顔をのぞきこんでそう言ったかと思うと、由衣はいきなり唇を重ねてきた。

(な……なんだ？)

なにが起きたのかわからなかった。

柔らかい唇がぴったり重なり、そのまま舌がヌルリッと入りこんでくる。突然のことに陽二郎がとまどっていると、彼女は大胆にも口内をねちっこく舐めまわしてきた。

「はンっ……はンンっ」

芳しい吐息が流れこみ、鼻から抜けていく。さらには舌をからめとられて、唾液ごとジュルルッと吸いあげられた。

「うむっ」

粘膜と粘膜が擦れるのが心地いい。唾液をすすり飲まれると、ゾクゾクするような快感がひろがった。

舌を猛烈に吸われて、いつしか由衣の口のなかに導かれる。誘われるまま、彼女の口腔粘膜をねぶりまわす。甘い唾液を口移しされて飲みくだすと、重く沈んでいた心がすっと軽くなる気がした。

「わたし……お酒を飲むと、少しだけ大胆になっちゃうんです」

唇を離した由衣が、頬を妖しく染めあげる。そして、立ちあがるなりワンピースを脱いで、淡いピンクのブラジャーとパンティだけになった。

少しどころか、かなり大胆だ。陽二郎が呆気に取られて見つめていると、彼女は両手を背中にまわして、ブラジャーのホックをはずしてしまう。カップをずらすと、小ぶりだが形のいい美乳が露になった。

(こ、これは……)

思わず両目を開いて凝視した。

白くてなめらかな肌が、ふんわりとした双つのふくらみを形作っている。曲線の頂点には、肌色に近い薄ピンクの乳首が乗っていた。

これまで生で見たことのある麻里奈や小百合、七海と比べて、ひとまわり以上は小さい。しかし、形が整っており、なにより瑞々しい。見ているだけで触れてみたくなる乳房だった。

「勘違いしないでくださいね。誰の前でも、こんなことするわけじゃないですから……」

由衣は恥ずかしげにつぶやき、パンティに指をかけた。

前かがみになってゆっくりおろしていくと、逆三角形に整えられた陰毛がふわっと溢れ出す。黒々とした秘毛と白い恥丘のコントラストに、思わず視線を奪われた。

由衣は内股ぎみになりながら、片足ずつ持ちあげてつま先からパンティを抜き取った。

「陽二郎さんも……」

由衣が頬を染めながら語りかけてくる。

目の前でまっすぐ立っているため、二十歳の瑞々しい裸身がすべて露になっていた。愛らしい乳房にくびれた腰、尻は小さめでプリッとしている。これだけの裸体を見せられて、冷静ではいられなかった。

（よ、よし、こうなったら……）

行きつくところまで行くしかない。酔いも手伝って、陽二郎も大胆になっていた。立ちあがると、思いきって服を脱ぎ捨てた。

ディープキスを交わして、由衣の裸体を目の当たりにしたことで、ペニスは激しく屹立している。亀頭は張りつめており、野太く成長した肉竿は大きく反り返っていた。

「もうこんなに……すごいです」

由衣がすっと身を寄せてくる。そして、右手の指を太幹に巻きつけてきた。

「うっ……」

やさしく握られただけで甘い痺れがひろがった。

しかし、麻里奈と小百合、ふたりの女性と経験を積んでいる。軽くしごかれたくらいでは、まだ気持ち的に余裕があった。

「はぁっ……硬いです」

由衣がため息まじりにつぶやき、潤んだ瞳で見つめてくる。男根をゆるゆるとしごき、誘うように腰をくねらせた。

「積極的なんだね」

「これは……お礼ですから」

彼女はあくまでも「お礼」だと言うが、触れ合うことで不安をごまかしたいのではないか。触れられたことで、陽二郎自身がほっとしている。きっと彼女も同じ気持ちに違いなかった。

「すごく硬い……」

由衣の瞳がますます潤んでくる。縋るように見つめたまま、太幹をゆったりしごいていた。

「お、俺も……いいかな？」

昂っているのは陽二郎も同じだ。

手のひらを由衣の乳房に重ねていく。ちょうど片手で収まるサイズで、ふんわりと柔らかい。指をそっと曲げてみれば、蕩けそうな柔肉の感触とほどよい弾力が伝わってきた。

「ああっ……」

由衣が甘い声を漏らして腰をよじる。せつなげな瞳で陽二郎を見あげて、内腿をもじもじ擦り合わせた。

彼女の興奮が伝わってくるから、陽二郎の気持ちも昂っていく。乳房をやさしく揉みあげて、先端で揺れる乳首をそっと摘まんでみる。まだ柔らかい小さな突起を慎重に転がした。

「あン、そ、そこは……」

由衣の瞳がますます潤んで、息遣いも荒くなる。腰のくねり方が徐々に大きくなっていく。

「ここが、どうしたんですか？」

陽二郎は興奮を押し隠して、彼女の乳首をいじりつづける。指でやさしく転がしていると、瞬く間に乳輪まで隆起した。もうひとつの乳首も同じように刺激すれば、すぐに充血して硬くなった。

「そ、そこ……感じちゃいます」

かすれた声で言うと、由衣は反撃とばかりに陰茎を擦り立てる。手筒をテンポよくスライドさせて、敏感なカリ首も刺激してきた。

「ううっ……」

快感が波紋のようにひろがり、すぐに呻き声が漏れてしまう。慣れてきたとはいえ、童貞を卒業してから日が浅い。はじめてやることも多いのだ。膝が小刻みに震えて、立っているのがつらくなってきた。

「脚が震えてますよ」

由衣が身体をぴったり寄せてくる。胸板に頬を押し当てて、乳首にそっと舌を這わせてきた。

「ちょ、ちょっと……くうッ」

これまでにない快感が走り抜ける。その間もペニスは握られており、シコシコとしごかれていた。

「うぬぬッ、そ、そんなに……」

膝の震えが大きくなり、立っているのがつらくなる。たまらず呻き声を漏らすと、由衣は乳首に唇をかぶせてきた。

「はむっ……ここも硬くなってますよ」

唾液をたっぷり塗りつけて吸いあげる。そして、硬く充血したところを、前歯で甘噛みされた。

「くううッ」

肩がビクッと跳ねて思わず前かがみになる。微かな痛みが走り、そこに舌を這わされることでさらなる快感がひろがっていく。全身から力が抜けて、今にも膝がくずおれそうになった。

「ふふっ……敏感なんですね」

乳首を口に含んだまま、由衣が楽しげに話しかけてくる。経験が浅いことを見抜かれた気がして、顔が燃えるように熱くなった。

「ベッドにあがってください。もっと気持ちよくしてあげます」

「で、でも……」

「遠慮しないでください。これは、お礼ですから」

由衣に導かれるまま、ベッドにあがって仰向けになる。

六つも年下の女子大生にリードされていると思うと恥ずかしいが、どうやら彼女のほうが経験は上らしい。見栄を張っても仕方ないので、ここは素直に従うことにした。

「ほ、本当に……いいの?」

彼女がベッドにあがってくるのを見て、ふと我に返る。今さらながら、こんなことをしていいのか気になった。

陽二郎としては、快楽に没頭していやなことをすべて忘れたいという思いがある。七海と大悟の浮気現場を目撃したショックを、セックスすることで少しでもやわらげたかった。

しかし、由衣は元彼に車で撥ねられそうになったのだ。彼女はわかっていないが、元彼は本気だった。陽二郎が助けなければ、あのとき命を落としていたかもしれないのだ。

「本当にお礼がしたいんです。それに、わたしも……」

由衣は淋しげな瞳でつぶやいた。

多少なりとも身の危険を感じたことで動揺しているのか、それとも彼との破局が応えているのか。いずれにせよ、彼女も欲情しているのは間違いない。その証拠にさっそく陽二郎の股間にまたがってきた。

「わたしが上になってもいいですか？」

由衣はそう尋ねてくるが、すでに騎乗位の体勢になっている。

両膝をシーツにつけており、股間を少し突き出すような格好だ。そのため、逆三角形の陰毛の下にある女陰が剝き出しになっていた。

（おっ……おおっ！）

陽二郎は思わず腹のなかで唸った。

二十歳の瑞々しい陰唇が見えている。まったく型崩れしていない若さ溢れるピンクの割れ目だ。たっぷりの愛蜜で潤っており、ヌラヌラと妖しげな光を放っていた。大家さんの陰唇は、どぎつい赤で少し伸びていたのを思い出す。由衣は若いだけあって、きれいな色と形を保っていた。

その濡れた女陰が、張りつめた亀頭に迫っている。彼女があと少し腰を落とすだけで挿入できそうだった。

「ほ、本城さん……」

想像するだけで我慢汁が溢れてしまう。挿れたくて挿れたくて仕方ない。セックスの快感を知ったことで、なおさら欲望を抑えられなくなっていた。

「今は名前で呼んでください」

由衣が甘えるような声で語りかけてくる。そして、右手を股間に伸ばして、太幹を握ってきた。

「うっ……ゆ、由衣ちゃん」

早くひとつになりたい一心で呼びかける。すると、由衣は満足げに微笑み、陰唇を亀頭に押し当てた。

クチュッ——。

軽く触れただけだが、湿った音があたりに響く。だが、まだ彼女は挿入しようとしない。陰唇と亀頭を擦りつけて、ハアハアと呼吸を乱していた。

「ああンっ、すごく熱くなってる……陽二郎さんのここ」

由衣が瞳をうっとり潤ませる。まるで女陰と亀頭をなじませるように、腰を微かに揺らしていた。

「は、早く……ゆ、由衣ちゃん」

もう、これ以上は我慢できない。陽二郎はたまらず腰をよじった。焦れるような快感だけがひろがり、頭のなかがまっ赤に燃えあがっている。我慢汁が溢れてとまらず、全身が小刻みに震えていた。

「わたしも、もう……はンンっ」

由衣が腰をゆっくり落としこんでくる。亀頭が膣口にヌプッとはまり、内側から愛蜜がどっと溢れ出した。

「おううぅッ」

亀頭が沈みこみ、カリが膣壁にめりこむのがわかった。とたんに膣口が収縮して、太幹を締めあげてきた。

「あああッ、お、大きいです」

甘い声を振りまきながら、由衣がさらに腰を落としてくる。ペニスがどんどん入りこみ、やがて根元まで完全につながった。

(す、すごい……こんなにきついのか)

陽二郎は慌てて全身の筋肉に力をこめた。

若いせいか、由衣の女壺は強烈な締まりだった。麻里奈とも小百合とも異なる快感が、いきなり襲いかかってきた。ふたりと比べると少し硬いが、とにかく締めつけが強かった。

「あうぅッ……こ、こんなに奥まで……」

由衣は股間をぴったり密着させた状態で固まっていた。

予想よりも亀頭が深い場所まで到達しているらしい。困惑した様子で見おろしてきた。

「陽二郎さんの……お、大きすぎます」

抗議するようにつぶやくと、両手を陽二郎の腹に置き、腰を前後に揺らしはじめる。股間を擦りつけるような動きだ。互いの陰毛同士が擦れ合い、シャリシャリと乾いた音が響き渡った。

「あっ……あっ……」

由衣の唇が半開きになり、切れぎれの喘ぎ声が溢れ出す。甘い響きが、淫靡な気分を盛りあげた。

「ううッ……」

陽二郎もこらえきれない呻き声を漏らしてしまう。

動きは小さくても快感は大きい。媚肉に包まれたペニスが四方八方から揉みくちゃにされている。結合部分から湿った音が聞こえてくるのも、ますます欲望を煽り立てた。

（こ、こんなことが……）

興奮で視界がまっ赤に染まっている。見あげる視線の先で、由衣が喘ぎながら小ぶりな乳房を揺らしていた。

これまでほとんど話したことのなかった隣人の女子大生が、自分の股間にまたがって腰を振っている。屹立したペニスを膣に呑みこみ、まるで味わうように股間を擦りつけているのだ。

（ああっ、最高だ……）

快楽がいやなことをすべて押し流していく。

今、こうして愉悦に浸っている間は、大悟のことも七海のことも、頭の隅に押しやられていた。

「ゆ、由衣ちゃん……気持ちいいよ」

声をかけながら両手を伸ばし、双つの乳房を揉みあげる。乳首を指の間に挟みこみ、柔肉をゆったりこねまわした。

「あンっ、乳首、敏感なんです……ああンっ」

由衣が甘い声を漏らして、腰の動きを速くする。股間をグイグイ擦りつけることで、硬直したペニスが媚肉でねぶられた。

「くううッ、す、すごいっ」

女壺がもたらしてくれる悦楽が大きければ大きいほど、ほかのことがなにも考えられなくなる。ペニスが蕩けてしまいそうな愉悦に浸り、快楽の呻き声を漏らしつづけた。

「も、もう、我慢できません」

由衣は昂った声を漏らすと、両膝をゆっくり立てる。そして、陽二郎の顔を見おろしながら、腰を上下に振りはじめた。

「あッ……あッ……」

「おおッ……おおおッ」

いきなり激しい快感が突き抜ける。慌てて全身を力ませると、ふくれあがった射精欲を抑えこんだ。

動きが大きくなり、反り返った肉柱が媚肉でヌプヌプとしごかれる。首を持ちあげて股間を見おろせば、女壺を出入りするペニスがはっきり確認できた。青筋を浮かべた太幹は、愛蜜にまみれて濡れ光っていた。

「そ、そんなに激しく……ううッ」

「あッ……ああッ」

彼女が腰を引きあげると、カリが膣壁を擦るのがわかる。粘膜をえぐるように摩擦して、華蜜がどっと溢れ出した。

「おおッ、す、すごいっ」

「ああッ……い、いいっ」

腰を勢いよく落とすと、亀頭が女壺の深い場所まで到達する。行きどまりをコツンッとたたき、女体が小刻みに痙攣した。

「はああッ、いいっ、気持ちいいっ」

由衣は自分で腰を振りながら、瞬く間に高まっていく。愛蜜の量がどんどん増えて、膣の締まり具合も強くなった。

「お、俺も、気持ちいいよ」

乳首を摘まんでやれば、彼女の腰の動きがますます速くなる。はしたなく腰を上下に振りたくり、ペニスがもたらす快楽に溺れていく。半開きになったままの唇の端から、透明な涎がツツーッと垂れて糸を引いた。

「あァッ、あァッ、いいっ、いいっ」

絶頂が迫っているのは明らかだ。膣のなかが熱くうねり、締まりがますます強くなった。

(よ、ようし……)

陽二郎は両手で彼女のくびれた腰をつかむと、真下から股間を突きあげた。

「ひあァッ、ダ、ダメぇっ」

由衣の唇から悲鳴にも似た喘ぎ声がほとばしる。女体がビクビク反応して、全身の皮膚が汗で艶めかしく光り出した。

「あああッ、お、奥っ、はあァッ」

「奥がいいんだね……ふんんッ」

腰を激しく跳ねあげて、ペニスを奥の奥までたたきこむ。うねる媚肉を突き破り、亀頭を深い場所まで何度も埋めこんだ。

「あァッ、あァッ、も、もうっ、あああッ、もうっ」

由衣の喘ぎ声が大きくなる。陽二郎の突きあげに合わせて腰を振り、自ら亀頭を膣奥に迎え入れた。

「くうううッ、で、出そうだっ」

「ああァッ、き、来てっ、はあああッ、来てくださいっ」

ふたりは同時に絶頂への急坂を駆けあがる。もう昇りつめることしか考えられず、視線をからませながら腰を振り合った。

「おおおッ、で、出るっ、ぬおおおおおおッ！」

ついに快楽が爆発する。ペニスを根元までたたきこむと、熱い媚肉に包まれながら欲望を解き放った。

「おおおッ、おおおおおおッ！」

獣のような呻き声が溢れてしまう。無数の膣襞が肉胴に巻きつき、射精しているペニスを奥へ奥へと引きこんでいく。吸いあげられるような快楽のなか、延々とザーメンを放出した。

「はあああッ、い、いいっ、イクッ、あああッ、イクイクううううッ！」

由衣もアクメのよがり泣きを響かせる。根元までぴっちり埋まった太幹を締めあげて、女体を激しく痙攣させた。

小ぶりな乳房が震えている。先端の乳首はビンビンにとがり勃ち、女壺はぐっしょり濡れていた。

由衣は昇りつめながらも、腰をくねくね振りつづける。より深い快楽を求めているのか、女壺はペニスを食いしめて離さなかった。

（おおっ……す、すごい……すごいぞ）

陽二郎も快楽に酔いしれて、腰を小刻みに突きあげていた。

このまま愉悦に浸っていたい。こうしてセックスに溺れている間は、ほかのことをなにも考えなくてすむ。しかし、やがて絶頂の余韻が薄れて、いろいろなことが頭に浮かんできた。

大悟のこと、七海のこと、麻里奈のこと。そして、これから自分はどうなってしまうのか。

なぜかはわからないが、一月十六日の土曜日をくり返している。今回が三回目だった。

親友の妻である麻里奈と過ちを犯さないよう、自分なりに手を打ってきた。

しかし、同じ日をくり返すのなら、どれだけ努力をしても無駄なような気もしてくる。この先になにかが待っているのだろうか。出口のないトンネルに入りこんでしまった気分だった。

第四章　四度目の初体験

1

　アラームの音が鳴ったとたん、反射的に目覚まし時計をとめていた。

　時計の針は朝九時を差している。陽二郎は恐るおそるあたりを見まわして、小さなため息を漏らした。

（やっぱりか……）

　見慣れた自分の部屋だった。

　昨日は隣の由衣の部屋で寝たはずだ。寝落ちしたのではなく、あえて彼女の部屋に泊まったのだ。そうすることで、なにかが変わることを期待したのだが、やはり結果は同じだった。

念のため、スマホで確認する。わかっていたことだが「十六日、土曜日」と表示されているのを見ると力が抜けた。

どうして、こんなことになってしまったのだろう。

なにが起きているのか、さっぱりわからない。土曜日の朝を迎えるのは、これで四度目だった。

時空の歪みに入りこんだのではないか。そして、その結果、同じ日をくり返しているのではないか。いくら考えても予想の域を出ない。謎だらけで、お手上げ状態だった。

それでも、わかっていることを整理する。

寝て起きるとリピートするようだ。違う場所で寝ても無駄だということもわかった。それでも、陽二郎が行動を変えることで、土曜日に起きることは確実に変化していた。

この無限ループみたいなものから抜け出す方法はあるのだろうか。

少なくとも土曜日に起きることは変えられるのだから、そこに突破口がある気もする。本当に時空の歪みに入りこんでいるのなら、なにか大きな変化を起こせば、もとの世界に戻れるのではないか。

（でも、どうすれば……）

そのとき、ふと気がついた。

寝て起きれば、土曜日の朝に戻ってしまう。ということは、失敗をしてもすべてなかったことになるということだ。

（それなら……）

思いきったことができそうな気がした。

元来、陽二郎は押しというより引きの、性格だ。しかし、失敗しても関係ないのなら、だいぶ話は違ってくる。

（ようし、やってやる）

こうなったら、思いついたことを片っ端から試すしかない。

昨日は大悟と麻里奈がこの部屋に来る予定を急遽断った。その後、大悟と七海が密会している現場を目撃した。

陽二郎にとって大きな出来事だったが、なにも変わらなかった。結局、ただ、土曜日をくり返しているようなのだ。

それなら今日は、ここに誰も来ないように仕向けるのはどうだろう。七海と大悟に断りの電話を入れて、予定をすべてキャンセルする。そのうえで七海と大悟が密会するのを阻止すれば、なにかが変わるのではないか。

とにかく、いろいろやってみるしかない。さっそくスマホを手に取り、七海に電話をかけた。

「はい、七海です」

すぐに明るい声が聞こえてくる。

出かける準備をしていたのかもしれない。髪をセットしたり、洋服を選んだりしている七海の姿が脳裏に浮かんだ。

しかし、七海がお洒落をするのは陽二郎に会うためではない。大悟と密会することを考えて着飾っているのだ。七海の頭にあるのは自分ではなく大悟だ。それを思うと、ためらいは一瞬で消え去った。

「悪いんだけど、今日の大悟たちと会う予定、ダメになっちゃったんだ」

嘘は苦手な陽二郎だが、このときはさらりと口にすることができた。

「えっ、なにかあったんですか？」

「じつは母さんが倒れたって、親父から電話があったんだ。ただの過労らしいけど、やっぱり心配だから様子を見に帰ろうと思って」

七海が言うはずの嘘を、そのまま口にする。すると、電話の向こうで、彼女が息を呑む気配が伝わってきた。

「た……大変ですね」

明らかに動揺している。自分があとで言うつもりだった台詞を、陽二郎が先に告げたのだ。顔は見えなくても、声の感じで困惑しているのがわかった。

「うん、でも問題ないと思うよ。そういうことだから、急で悪いけど」

「い、いえ……お、お大事に……」

七海は早々に電話を切ってしまう。

同じ嘘をつくつもりだったので、罪悪感を刺激されたのかもしれない。陽二郎は溜飲をさげると、ひとりうなずいた。これは小心な自分にもできる、ささやかな復讐だった。

(よし、次は大悟だな)

スマホに大悟の番号を表示させるとタップした。

「もしもし、どうした?」

大悟の声が聞こえてくる。まだ出かける準備に取りかかっていないのか、どこか呑気な雰囲気が漂っていた。

(くっ……)

その声を聞いたとたん、腹の底から憤怒《ふんぬ》がこみあげてくる。

親友だったのに陽二郎を裏切り、七海を寝取ったのだ。確かに、陽二郎は今でも麻里奈のことが好きで、七海への気持ちは薄かったかもしれない。だが、それと親友の恋人とセックスすることは別問題だ。

「よう、俺だけど」

陽二郎は平静を装って話しはじめた。

「じつは、会社から緊急の呼び出しがあったんだよ」

「は？」

「今から急いで顧客のところに行かないといけないんだ。悪いけど、今日の予定はキャンセルしてくれないか」

会社からの緊急呼び出しは、大悟が使おうと思っていた手だ。それを覚えていて、陽二郎はあえて同じ嘘をついた。

「そ、そうか……」

「どうかしたのか？」

「い、いや……陽二郎の会社でも、そういうことあるんだなと思ってさ」

大悟の様子は明らかにいつもと違った。

動揺をごまかそうとしているのだろうか。それとも、嘘をつく必要がなくなってほっとしているのかもしれない。いずれにせよ、まさか七海との不倫がバレているとは夢にも思っていないだろう。

「麻里奈にも言っておくよ。こっちのことは気にしなくていいから、仕事、がんばれよ」

大悟はそう言って電話を切った。

今ごろ、七海と密会することを考えて、ほくそ笑んでいるに違いない。それを想像すると、またしても怒りが胸のうちにひろがった。

(絶対に邪魔してやる)

陽二郎は決意を新たにした。

すでにふたりは何度か密会を重ねているのだろう。今日一度だけ阻止しても意味はないかもしれない。だが、逢い引きするとわかっているのに見すごすことはできなかった。

なにより、この状況が変わることを期待している。なんとかして、土曜日の無限ループから抜け出したい。なんの根拠も確信もないが、これまでと違う行動を取ることで現状を打破できないかと考えていた。

（でも……）

麻里奈のことだけは気になった。

土曜日をくり返している間は、麻里奈とセックスできるチャンスがある。心の距離を縮めるのはむずかしくても、身体の関係を持てるのは実証ずみだ。陽二郎さえその気になれば、土曜日をくり返すたびにセックスできるだろう。

このチャンスだけは捨てがたかった。

しかし、麻里奈との関係は不倫になる。セックスするたびに罪悪感が募り、心を圧迫していくのは間違いない。それと同時に、大悟と七海が密会を重ねていくのもつらかった。

麻里奈も大悟の浮気に気づいている。土曜日をくり返すということは、彼女の悲しみも延々つづくということだ。

無限ループから抜け出したところで、陽二郎と麻里奈の距離が縮まるわけではない。おそらく、これまでの日常が戻ってくるだけだ。それでも、彼女が苦しんでいるのなら放っておけない。

（やっぱり、なんとかしないと……）

陽二郎は届かない想いを胸に抱えつつ、それでも麻里奈のために無限ループを断ち切ることを心に誓った。

2

陽二郎は出かける準備をしていた。

今日は忙しい一日になる。食欲はなかったが、先ほど卓袱台の上をかたづけて、カップラーメンで腹ごしらえをした。

もうすぐ正午になるところだ。昨日は午後二時ころアパートを出て、七海の部屋に向かった。すると、すでに大悟が来ていて、ふたりがセックスする現場を目撃した。

それなら、大悟より先に七海のアパートで待ち構えていれば、密会を阻止できるはずだ。セックスするとわかっているのだから、ふたりを会わせるわけにはいかなかった。

ブルゾンを羽織って外に出る。そのとき、ちょうど隣人の由衣が、外出先から帰ってきた。

「お帰りなさい。お出かけだったんですか？」

反射的に声をかけると、彼女は怪訝な顔をした。

（あっ、しまった……）

次の瞬間、すぐに気がついた。

昨日、由衣とセックスしたので、仲よくなったつもりだった。しかし、土曜日をくり返しているので、昨日のことはなかったことになっている。由衣はまったく覚えていないのだ。

隣人だが、これまでほとんど言葉を交わしたことはない。それなのに、いきなりなれなれしく話しかけてきたのだから、彼女がとまどうのは当然のことだった。

「と、突然、すみません」

慌てて謝罪するが、それはそれでおかしい気がした。

由衣は会釈を返してくれるが、いっさい言葉を発することはない。無言で鍵を開けると、逃げるように室内へと姿を消した。

（失敗した……）

きっと、陽二郎のことをおかしな隣人と思っただろう。

一度ついた印象を払拭するのはむずかしい。だが、ふと気がついた。土曜日をくり返すのだから、明日になれば由衣の記憶はリセットされる。つまり、まったく思い悩む必要はなかった。

(そうか……そうだよな)

陽二郎は気を取り直すと、駅に向かって歩きはじめた。

二十分後、陽二郎は七海が住んでいるアパートの前に到着した。しかし、ここから先は考えていなかった。

とりあえず、七海の部屋の前まで行ってみる。ドアノブをそっとまわしてみると鍵がかかっていた。昨日は鍵が開いていたので、おそらく大悟はまだ来ていない。それなら、少し驚かせてやろうと思った。

しばらく周辺をうろついて時間をつぶす。大悟が現れたら声をかけるつもりで根気よく待ちつづけた。

十五分ほど経ったころ、駅のほうからスーツ姿の男が歩いてきた。

すぐに大悟だとわかった。おそらく、麻里奈に会社からの緊急呼び出しだと嘘をついたのだろう。休日なのにスーツを着ているのはそのためだ。手には赤いバラの花束を持っていた。

（あいつ……）

陽二郎は電柱の陰に身を潜めながら、思わず奥歯をギリッと噛んだ。すぐに詰め寄りたいのをこらえて、ギリギリまで引きつける。大悟は陽二郎が潜んでいるとは夢にも思わず、七海のアパートに歩み寄っていく。そして、外階段を昇ろうとしたとき、陽二郎は電柱の陰から飛び出した。

「あれ？　大悟じゃないか」

懸命に怒りを抑えて声をかける。偶然を装ったつもりだが、どうしても目には力が入った。

「よ……陽二郎」

大悟が振り返り、見るみる顔をひきつらせた。

七海が住んでいるアパートを教えた覚えはない。そもそも、教えていたとしても、大悟がひとりで尋ねるのはおかしかった。しかも、バラの花束まで持っているのだ。どう言いわけするのか見物だった。

「こんなところで会うなんて偶然だな。なにやってるんだよ」

陽二郎は声をかけながら、大股で大悟に近づいていく。そして、すぐ目の前で立ちどまった。

「し、知り合いの家に……」

大悟は頬をひきつらせたまま、視線を落ち着きなくさまよわせる。明らかに動揺しており、必死に言いわけを考えている様子だった。

「知り合いって、このアパートに住んでるのか？」

陽二郎は視線をアパートに向けて尋ねた。

「い、いや……このあたりなんだけど、どこだったかな？」

嘘だった。先ほどはまっすぐ歩いてきて、この外階段を昇ろうとした。迷う素振りなど微塵もなかった。

「そのバラ、なに？」

つい言い方がきつくなってしまう。無意識のうちに目つきも鋭くなっていることを自覚して、慌てて小さく息を吐き出した。

「み、見舞い……見舞いだよ。お客さんが病気なんだ」

「ふうん……見舞いにバラの花束か」

呆れると同時に冷めた声が溢れ出す。

大悟はあくまでも嘘で切り抜けるつもりだ。それなら、どこまで嘘を突き通せるのか見届けてやろうと思う。

「このアパート、七海ちゃんが住んでるんだよ」

「ここに住んでるのか。へえ、偶然だなぁ」

下手な演技で驚いてみせる。そんな大悟が滑稽でならなかった。

「こんな偶然あるか？」

陽二郎が迫ると、大悟はおおげさに肩をすくめた。

「こんなことってあるんだな。俺も驚いてるよ」

白々しいとはこのことだ。浮気相手の彼氏が現れて、言い逃れできない状況にもかかわらず、まだしらを切るつもりらしい。その根性に免じて、陽二郎も話を合わせることにした。

「そうか偶然か。びっくりだな」

「だろ？」

大悟がほっとした顔をする。だから、なおさら陽二郎は苛立った。

「てっきり七海ちゃんに会いに来たのかと思ったよ」

「ま、まさか……」

「本当は七海ちゃんに会いに来たんじゃないのか」

ずばり言うと、大悟は一瞬目を見開いて動きをとめる。だが、すぐに大声で笑い出した。

「なにを言ってるんだ。七海ちゃんの家なんて知らないよ」

「七海に教えてもらったんだろ」

「そもそも、なんで俺が七海ちゃんに会うんだよ。ふたりで会う用事なんてあるはずないだろう」

大悟は心外とでも言いたげに反論する。逆ギレというやつだ。ここまで最低の男だと、これ以上なにか言う気も失せてきた。

「ところで、陽二郎は仕事じゃなかったのか？」

今度は大悟のほうから質問を浴びせてくる。

きっと話題を変えたいのだろう。陽二郎は会社から緊急の呼び出しがあったと嘘をつき、今日の予定をキャンセルしていた。

「もう仕事は終わったんだ。そんなことより、大悟は見舞いに行くんだろ？」

「お、おう、そうなんだよ」

「いっしょに探してやるよ。その人の名前は？」

陽二郎の言葉に、大悟はますます顔をひきつらせる。見舞いなどまるっきり嘘なのだから、突っこまれるのはいやなはずだ。

「そ、それは……こ、個人情報だから……」

そう言ってごまかすと、大悟は急に右手をあげた。

「じゃあ、俺、急ぐから……ま、またな」

背中を向けて、早足で去っていく。陽二郎はスーツの背中が遠ざかっていくのを無言でじっと見つめていた。

さすがに今日は懲りただろう。

だが、これで七海との関係が解消されるとは思っていない。きっと、近いうちにまた現れるはずだ。

大悟はもう少しまともな男だと思っていた。麻里奈はどうして、こんな男と結婚してしまったのだろう。このまま結婚生活をつづけても、麻里奈が幸せになれると思えなかった。

(結局、なんの解決にもならなかったな……)

最初からわかっていたことだ。

すでにふたりは深い関係になっている。一度炎が燃えあがってしまったら、行きつくところまで行くしかない。なにを言ったところで、大悟が聞く耳を持つはずがなかった。

今日のセックスを阻止するだけで精いっぱいだった。

虚しさが胸を埋めつくしていく。己の無力さを思い知り、肩をがっくり落としてうな垂れた。

3

陽二郎は七海のところに寄らず、そのまま自分の部屋に戻ってきた。

疲れがどっと出てベッドに腰かける。大悟と七海の密会は阻止したが、それはほんのちっぽけなことだった。

これで、なにかが変わるとは思えない。きっと、ふたりの不倫関係はつづくだろう。疲れただけで、なんの解決にもなっていない。またリセットされて新しい土曜がやってくるだけだ。こんなことで、土曜日の無限ループから抜け出せるはずがなかった。

(どうすればいいんだ……)

思わず両手で頭を抱えこんだ。

そのとき、インターホンのチャイムが鳴り響いた。はっとして時計を見やると、午後四時をまわったところだった。

おそらく麻里奈だ。

応答しなくてもわかる。昨日、麻里奈はこれくらいの時間に訪ねてきた。陽二郎はベッドに腰かけたまま動かなかった。

声を聞けば、顔を見たくなる。顔を見れば、キスをしたくなってしまうかもしれない。キスをすれば、もっと深い関係になることを望むだろう。

（でも、ダメなんだ……）

心の通わないセックスをしたところで虚しいだけだ。

愛のない情交には、なんの意味もない。麻里奈に望んでいるのは、そういう関係ではなかった。

インターホンが何度も鳴らされる。さらにドアをノックする音も響いた。それでも反応せずにいると、ドアノブをまわす音が聞こえた。

しかし、ドアには鍵をかけてある。麻里奈が来ることがわかっていたので、今日は鍵をかけておいたのだ。

麻里奈を部屋にあげれば、どういうわけか必ず迫ってくる。それを拒むのはつらいし、彼女を傷つけることにもなってしまう。だからといって、欲望にまかせて関係を持てば、あとで後悔するのもわかっていた。

(それなら、いっそのこと会わないほうが……)

心を鬼にして居留守を使った。

やがて静寂が訪れた。インターホンのチャイムも、ノックの音も、ドアノブをまわす音も聞こえなくなった。麻里奈は留守だと信じたのか、それともあきらめたのか、いずれにせよ帰ったのだろう。

急に淋しくなって胸が締めつけられる。だが、後々のことを考えたら、これが最良の選択だと思う。

(会って、拒むより……)

部屋にあげなければ、過ちは起こりようがない。

今は快楽に溺れている場合ではなかった。とにかく、土曜日をくり返す不思議な現象から抜け出したかった。

窓から差しこむ日の光が、少しずつオレンジがかってくる。

気づくと日が傾いていた。意味もなく物悲しい気持ちになる時間帯だ。陽二郎はベッドに腰かけたまま、身動きせずにうつむいていた。

再びインターホンが鳴った。

肩がピクッと動いた。麻里奈が戻ってきたのだろうか。喜んでいる自分に気づき、慌てて気持ちを引きしめる。ここで迎え入れてしまえば、またお互いにつらい思いをすることになるのだ。

（会ったらダメだ……麻里奈ちゃん、ごめん）

心のなかで謝罪したとき、今度はドアをノックする音が響いた。

「小島くん、いるんでしょ？」

大家の長澤小百合だ。訪ねてきたのは麻里奈ではなく、小百合だった。

「小島くん？」

呼びかける声がつづくが、やはり動く気にはなれない。このまま答えることなく、やり過ごすつもりだった。

やがて静かになったと思ったら、しばらくして玄関のドアノブに鍵を差しこむ音が聞こえた。

（なんだ？）

さすがに気になって顔をあげる。すると、玄関ドアが開いて、小百合が大きな声で語りかけてきた。

「小島くん、大丈夫なの？」

突然のことに困惑してしまう。陽二郎が黙りこんでいると、小百合は玄関に入ってきた。

「あがらせてもらうわね」

またしても大きな声で話しかけてくる。そして、陽二郎が答えるより先に、小百合は部屋にあがってきた。

「どうして……大家さんが？」

なにが起きているのかさっぱりわからない。陽二郎はベッドに座ったまま、困惑してつぶやいた。

「勝手に入ってごめんなさい。女の子が泣きながら帰っていったから、なにかあったんじゃないかと思って。そうしたら応答がないじゃない。だから、合鍵を使わせてもらったわ」

小百合は大家なので合鍵を持っている。わざわざいったん自分の部屋に戻って合鍵を持ってきたのか。

「ねえ、小島くん。あの子、すごく泣いてたわよ。なにがあったの？」

本当に心配しているのだろう。小百合はベッドに歩み寄ってくると、陽二郎の無事を確認するように全身を見まわした。

（この流れって……もしかして？）

ふと思い出す。

前回、小百合とセックスしたときの流れと似ている。小百合の服装もあのときと同じだ。濃紺のフレアスカートに白いシャツ、その上にグレーのカーディガンを羽織っていた。

（きっと、このあと……）

小百合は陽二郎がフラれたと勘違いして、やさしく慰めてくれるのだ。

極上のフェラチオを思い出して、ふいに股間がズクリと疼いた。そのあとのセックスも最高だった。はじめてのバックで突きまくり、思いきり射精した。生々しい記憶が鮮明によみがえった。

「あんまり落ちこんじゃダメよ」

小百合は隣に腰かけると、陽二郎の手をすっと握ってくる。そして、やさしげな瞳で顔をのぞきこんできた。

「女の子は彼女ひとりじゃないんだから」

「は、はい……」

話を合わせてうなずくが、これからどうすればいいのだろう。

またしても、蕩けるようなフェラチオと柔らかい膣肉に包まれる感触を思い出してしまう。ついにはボクサーブリーフのなかで、ペニスがムクムクとふくらみはじめた。

(うっ……これじゃあ、この間と同じだぞ)

勃起に気づかれたら一気に押されてしまう。内心焦るが、頭の片隅には迷いもあった。小百合となら後腐れのないセックスができると知っている。それを思うと、拒む必要はない気もしてきた。

「どうかしたの？」

小百合は不思議そうに尋ねた直後、陽二郎の股間のふくらみに気づいて息を呑んだ。

(や、やばい……)

まだ心を決めかねていた。

小百合とセックスしたい気持ちはある。だが、欲望に流されてしまったら、大悟や七海と同じではないか。それに、なにより麻里奈のことを思うと、ほかの女性と関係を持つのは違う気がした。

「ちょ、ちょっと、それ……」

穏やかだった小百合の声が硬くなってる。勃起に気づいて、動揺しているのが伝わってきた。

(ダメだ、なんとかしないと)

必死に回避する方法を考えていたとき、ふと枕もとの時計が目に入った。

「あっ……」

ちょうど午後五時になろうとしていた。由衣が元彼の運転する車に撥ねられる時間だ。

「す、すみませんっ」

陽二郎は立ちあがと、小百合をその場に残して外に飛び出した。

もう時間がない。道路に出ると、赤いトレンチコートの背中が見えた。横断歩道を渡ろうと、今まさに足を一歩踏み出したところだ。そこに白い車が猛スピードで突っこんできた。

「危ないっ!」

彼女の肩をつかむなり、思いきり引っ張った。倒れこんできた女体を抱きとめて、そのまま真後ろに倒れこんだ。

「痛っ……」

腰をしたたかに打ったが、とりあえず怪我はない。彼女も大丈夫だったのか、すっと立ちあがった。

「あ、ありがとうございます」

由衣は申しわけなさそうに頭をさげる。車を運転していたのが元彼とわかっているのだろう、ひどく動揺した様子だった。

「お怪我はありませんか」

陽二郎は立ちあがって声をかけた。由衣はこっくりうなずくが、今にも泣き出しそうなほど瞳が潤んでいる。元彼がなにをするかわからない。放っておくことはできなかった。

「隣の部屋の方ですよね。俺のことわかりますか?」

「は、はい……今朝もお会いしましたよね」

由衣は小声でつぶやいた。

出かけるときに顔を合わせて、ついなれなれしく声をかけてしまった。あれで印象は悪かったはずだが、今、助けたことで相殺されたらしい。彼女はあらたまった様子で名乗ってくれた。

陽二郎も軽く自己紹介すると、由衣はお礼をすると言い出した。

「いえ、たいしたことはしてませんから」

彼女の部屋に行くと、セックスする流れになってしまう。それはそれで魅力だが、麻里奈への気持ちを大切にしたかった。

「でも……ひとりになりたくないんです」

由衣はそう言って黙りこんだ。先ほどの車を運転していたのが元彼だということは、言わないつもりらしい。しかし、車で突っこんでくるくらいだから、不安でならないのだろう。

「そうだ。俺の部屋に来ませんか。今、大家さんが来てるんです」

とっさの思いつきだが、我ながら名案ではないか。小百合と由衣が同じ空間にいれば、どちらも迫ってくることはないだろう。今は麻里奈のことだけを想っている。ほかの女性と関係を持つのは違う気がした。

「大家さんがいるんですか？」

由衣が不思議そうに尋ねてくる。

考えてみれば、大家が部屋にいるというのもおかしな話だ。由衣が首をかしげるのもわかる気がした。

「う、うん……いろいろあって、お話をしてたところなんです」

説明になっていないが、麻里奈のことまで話す必要はないだろう。

「とにかく、行きましょう」

うながして部屋に向かう。大家がいると聞いて安心したのか、由衣はためらうことなくついてきた。

4

(なんか……おかしなことになったな)

陽二郎はベッドに腰かけていた。

右側には小百合が、左側には由衣が座っている。なぜかふたりは張り合うように、身体をぴったり陽二郎に寄せていた。

予想とまったく違う展開だった。

三人でとりとめのない話をすることになると思っていた。ところが、どういうわけか小百合と由衣は対抗意識を持っているようだ。互いに話しかけることなく、陽二郎を取り合う形になっていた。

これも土曜日をリピートする不思議な現象の影響だろうか。

陽二郎が本来の展開を変えてしまったことで、ふたりの行動が変化したのかもしれない。

しかし、結局のところ、陽二郎が流れを変えても、誰かが迫ってくる展開は変わらないようだ。相手の女性が入れ替わるだけで、最終的には初体験をすることになるのではないか。

陽二郎は土曜日の朝を迎えるたび、童貞に戻っている。記憶は残っていても童貞であるのは間違いない。

(そうだとしたら、今日はどっちと……)

陽二郎は思わず左右を見やった。

小百合はカーディガンを脱いでおり、シャツの乳房のふくらみを陽二郎の腕に押し当てている。意識的にそうしているとしか思えず、至近距離から顔を見つめていた。

由衣もコートを脱いでワンピース姿になり、乳房のふくらみを意識的に押しつけてくる。しかも、顔を寄せてくるので、彼女の唇が耳に触れそうだ。熱い息を耳に吹きこまれて、ゾクゾクするような感覚がひろがった。

「どうして、本城さんを連れてきたの?」

小百合が尋ねてくる。ふたりきりのところを邪魔されたと言いたげだ。不満を隠す様子はなかった。

「事故に遭うところだったんです。きっと動揺してると思ったから……」

陽二郎が説明すると、小百合は首をかしげた。

「さっき、どこに行くつもりで急に飛び出したの？」

「あ、あれは……」

由衣が事故に遭うとわかっていたから助けに向かったのだが、そんなことを言えるはずもない。土曜日をリピートしていると力説したところで、信じてもらえるはずがなかった。

（まいったな……）

とっさに上手い言いわけが思いつかない。返答に窮していると、由衣が横から口を挟んできた。

「陽二郎さんは、わたしのことを助けに来てくれたんです」

いったい、なにを言い出すのだろう。陽二郎はドキリとして、思わず隣を見やった。

「だから、なにかお礼をさせてください」

目が合うと、由衣はにっこり微笑みかけてくる。なにを考えているのか、さっぱりわからない。

「い、いや、気にしなくていいですよ」

「そんなのダメです。わたしのお部屋に来ませんか？」

まさかこの状況で誘われるとは思いもしない。由衣の顔をよく見てみると、彼女は小百合の様子をチラチラ気にしていた。

（なるほど、そういうことか……）

なんとなくわかった気がする。

どうやら、小百合への対抗意識で言っただけらしい。だが、おかげで話がそれたので助かった。

「ゆ、由衣ちゃん――んんっ」

目が合ったとたん、いきなり口づけされる。なにが起きたのかわからず、思わず全身が硬直した。

「ちょっと、本城さん、なにしてるの？」

小百合があからさまに不機嫌そうな声をあげる。そして、両手で陽二郎の頬を挟みこんで自分のほうに向けると、強引に唇を押し当ててきた。

「お、大家さん──うむむっ」

しかも、舌がヌルリッと入りこんでくる。あっという間に舌をからめとられて、唾液ごとジュルルッと吸いあげられた。

「あふっ……はむンンっ」

小百合は鼻にかかった声を漏らしながら、陽二郎とのディープキスに酔っている。舌と舌をヌルヌル擦り合わせては、唾液をうまそうにすすり飲む。反対に唾液を口移しされて、陽二郎は反射的に嚥下した。

「これが本当のキスよ。子供には真似できないでしょう」

唇を離すと、小百合がうっとりした瞳で語りかけてくる。甘い吐息が吹きかかり、陽二郎は思わずこっくりうなずいた。

「陽二郎さんは若い女のほうがいいんですよね」

今度は由衣が立ちあがり、ワンピースを脱いでしまう。そして、前回と同じ淡いピンクのブラジャーとパンティになった。

「いきなり脱ぐなんて、なにを考えてるのよ」

小百合も立ちあがると、フレアスカートをおろして、シャツのボタンを上から順にはずしていく。服を脱ぐと、やはり前回と同じ黒いブラジャーとパンティだけになった。

土曜日をくり返しているのだから、着ている服も下着も同じなのはわかる。しかし、行動が幼稚なほどに、より大胆になっているのはなぜだろう。

やはり、誰かとセックスする流れは変えられないのではないか。そうだとすると、ふたりを集めたことで淫らな空気が濃くなるのもわかる気がした。普通なら絶対にあり得ないことだが、そもそも土曜日をリピートするという謎の現象が起きているので、もうなんでもアリの気がしてきた。

「なんで大家さんまで脱ぐんですか？」

由衣がむっとした様子でつぶやき、両手を背中にまわしていく。躊躇することなくホックをはずして、ブラジャーを取り去った。

小ぶりだが形のいい乳房が露になる。先端に鎮座している乳首は肌色に近い薄ピンクだ。さらにパンティもおろしたことで、逆三角形に整えられた陰毛がまる見えになった。

「あなたが脱ぐからでしょ。最近の若い子はムードがないのね」

小百合はそう言いながらブラジャーを取り、ボリューム満点の乳房を剝き出しにする。たっぷりしたふくらみの頂点には、大きめの乳輪と紅色の乳首が揺れていた。

ためらうことなくパンティも引きさげて、濃厚に生い茂った陰毛が剝き出しになる。脱ぎっぷりこそ見事だったが、内腿をぴったり寄せて恥じらう姿に、牡の欲望がもりもり刺激された。

(ど、どうなってるんだ?)

陽二郎はベッドに腰かけたまま身動きが取れなかった。

目の前でふたりの女性が生まれたままの姿になっている。美麗な裸身をさらして、競い合うように腰をしきりにくねらせているのだ。これもループに発した不思議な現象なのか。

「陽二郎さんが選んでください。若くてピチピチの女子大生がいいのか、未亡人のおばさんがいいのか」

由衣が前かがみになり、顔を近づけながら迫ってきた。

「あら、青くさい女子大生より、大人の女のほうがいいわよね」

すかさず小百合も乳房を揺らしてアピールする。由衣を押しのけるようにして、陽二郎に歩み寄ってきた。

「ちょっと、近づかないでください」

「わたしは小島くんと話してるんだから、邪魔しないでくれるかしら」

由衣が文句を言えば、小百合もにらみ返す。なにやら、ますますおかしなことになってきた。

「ちょ、ちょっと、ふたりともやめてください」

陽二郎は見かねて、ふたりの間に割って入ろうとする。ところが、それがいけなかった。

「じゃあ、どっちか選んでください」

由衣が頬をふくらませてにらんできた。

「そもそも、小島くんがはっきりしないからいけないのよ」

小百合も同調して陽二郎に迫ってくる。

なにやら雲行きがおかしくなってきた。まったく予想外の展開だ。ふたりの女性に手を取られて、ベッドの前に立たされた。

「陽二郎さんも脱いでください」

「そうよ。わたしたちだけ裸なんておかしいでしょう」

ふたりはなぜか意気投合しており、手分けして陽二郎の体から服を剝ぎ取りにかかる。由衣がダンガリーシャツのボタンをはずせば、小百合は目の前にしゃがみこんでベルトを緩めていく。

「な、なにを……」

「いいから、おとなしくしてください」

ダンガリーシャツを脱がされて上半身裸になる。チノパンとボクサーブリーフもおろされて、まだ萎んでいるペニスが剝き出しになった。

「ふふっ、かわいい……はむンっ」

小百合は柔らかい陰茎の根元を摘まむと、いきなり唇をかぶせてくる。根元までぱっくり咥えこみ、舌をヌルヌルと這わせてきた。

「うっ、うわあっ、お、大家さんっ」

突然のフェラチオに思わず叫んでしまう。あの蕩けるような快感は記憶に深く刻みこまれている。期待に胸がふくらむと同時に、しゃぶられているペニスも瞬く間にふくれあがった。

「ううッ、い、いきなり……」

舌を這わされて、全体に唾液を塗りつけられる。たっぷり濡れたところを唇でゆったりしごかれると、甘い刺激が波紋のようにひろがった。

「き、気持ち……くううッ」

全身が痺れたようになり、早くも我慢汁が溢れてしまう。慌てて尻の筋肉を引きしめるが、快感は次から次へと押し寄せてきた。

「大家さん、ずるいですよ」

由衣が不満げにつぶやき、陽二郎の胸もとに顔を寄せてくる。そして、乳首に吸いつくと、舌でネロネロと舐めはじめた。

「うッ、ま、待って……」

くすぐったさをともなう快感がひろがり、思わず身をよじった。しかし、由衣は乳首に吸いついたまま離れない。舌先でねちっこく舐めまわして、乳首が硬くなったところを前歯で甘噛みしてきた。

「くッ、ううッ……」

痛みと快感が入りまじり、声をあげずにはいられない。無意識のうちに彼女の頭を抱えこみ、乳首を愛撫される快感に酔っていた。

「噛まれるのが気持ちいいんですか?」

胸もとから由衣が尋ねてくる。

乳首を甘噛みしては、唾液をねっとり塗りつけることをくり返す。ふたつの刺激を交互に与えられるのがたまらない。左右の乳首を同じように愛撫されて、快感が全身にひろがった。

その間も小百合はペニスをずっぽり咥えている。首をゆったり前後に振り、柔らかい唇で硬い太幹をしごいていた。

「こんなに硬くして……お汁もいっぱい出てるわよ」

小百合はさもうまそうにペニスをしゃぶり、念入りに舌を這わせてくる。張り出したカリの裏側をくすぐり、尿道口をほじるようにねぶってきた。

「き、気持ちいい……うううッ」

このままでは射精に追いこまれてしまう。慌てて訴えると、ふたりは意外にもあっさり離れた。

「じゃあ、こっちは本城さんに譲るわ」

「いいんですか。ありがとうございます」

小百合がやさしく声をかけると、由衣は素直に応じる。そして、今度は由衣が目の前にしゃがみこんだ。

「いっぱい気持ちよくなってくださいね」

そう言うなり、小百合の唾液にまみれたペニスを口に含んでいく。最初は亀頭を咥えこみ、まるで飴玉のように舌で転がしはじめた。

「ううッ……ゆ、由衣ちゃんまで……」

あまり慣れていないのか、遠慮がちな舌使いが焦れるような快感となってひろがった。小百合の熟練したフェラチオもよかったが、由衣の初心な舐め方にも興奮を煽られた。

「わたしはこっちをかわいがってあげる」

小百合はなぜか背後にまわりこんでしゃがんでいる。なにをするのかと思えば、両手を尻たぶにあてがって臀裂を割り開いた。

「お、大家さん、なにを——ひうッ！」

陽二郎の呼びかける声は、途中から裏返った喘ぎ声に変わってしまう。驚いたことに、小百合が肛門にしゃぶりついてきたのだ。

経験したことのない鮮烈な感覚が突き抜ける。尻の穴を舌先で舐めまわされて、反射的に腰が前に逃げてしまう。すると、由衣の口にペニスを突きこむ結果になり、ジュルルッと思いきり吸いあげられた。

「くううッ」

慌てて腰を引けば、今度は小百合に尻穴を舐めまわされる。唾液をたっぷり塗りつけては、肛門の皺を舌先でそっとなぞられた。

「お尻も感じるでしょう?」

「そ、そこは……ひううッ」

凄まじい快感の大波が押し寄せて、ペニスがかつてないほど勃起する。そこに由衣の舌が這いまわり、唇でヌプヌプとやさしくしごかれるのだ。瞬く間に射精欲がふくれあがった。

「ううッ、ゆ、由衣ちゃんっ」

「あふッ……はむッ……あむンンッ」

陽二郎の声に反応して、由衣の首振りが激しさを増す。唾液でコーティングされた太幹を、柔らかい唇でしごき立ててきた。

「お尻の穴、ヒクヒクしてるわよ……ンンっ」

小百合がとがらせた舌先で肛門を圧迫してくる。散々しゃぶられて緩んでいた尻穴は、いとも簡単に彼女の舌を受け入れた。

「ひいいッ、い、いいっ」

膝がガクガク震えて、もう立っているのもやっとの状態だ。それでも、ふたりがかりの愛撫は加速する一方で、ペニスと尻穴を延々としゃぶられる。前と後ろから快感が途切れることなく押し寄せた。

「いいのよ、お尻で感じても」

「はむッ……あふッ……はむンッ」

小百合が肛門に舌を挿入して、由衣がペニスを吸いあげる。息を合わせた愛撫に、陽二郎は瞬く間に追いつめられた。

「ううぅッ、も、もうっ」

目に映るものすべてがまっ赤に染まり、もう絶頂のことしか考えられない。快感が快感を呼び、ついに最後の瞬間が訪れた。

「おおおッ、もうダメだっ、おおおおッ、ぬおおおおおおおおッ！」

雄叫びをあげながら欲望を解放する。由衣の口内でペニスが跳ねまわり、思いきり精液を放出した。射精中も尻穴を舌でほじられる。内側の粘膜をねぶられるのが気持ちよくて、白濁液が勢いよくほとばしった。

「あむううぅッ」

由衣はペニスを根元まで咥えたまま、すべてを受けとめてくれる。そして、喉をコクコク鳴らして、濃厚なザーメンを飲みほしてくれた。

（おおっ、さ、最高だ……最高だよ）

陽二郎は涎を垂らしながら絶頂に溺れていった。

尻穴もねぶられて、頭のなかがまっ白になっている。これほどの快楽がこの世にあるとは知らなかった。

5

「ねえ、どっちからするの？」

「陽二郎さん……早くぅ」

小百合と由衣がベッドにあがり、四つん這いになっている。尻を高々と掲げて振り返ると、挑発的に語りかけてきた。

未亡人の大きくて熟れた尻と、女子大生の瑞々しくてプリッとしたヒップが並んでいる。自分のために突き出されたふたつの尻肉が、早く貫かれたくて小刻みに震えていた。

（まさか、こんなことに……）

まったく予想外の展開だった。

最初はどちらを選ぶのかと迫ってきたが、もうそんなことはどうでもいいらしい。ふたりともセックスできれば、それで満足なのだろう。今はどちらが先にセックスできるかが問題になっていた。

こうなったら、ふたりとも満足させるしかない。そうでなければ、小百合も由衣も納得しないだろう。

とはいえ、土曜日をくり返しているので、陽二郎は童貞に戻っている。心と体にセックスの記憶は残っているが、これが初体験だった。

「じゃ、じゃあ……」

陽二郎はベッドにあがると、小百合の背後で膝立ちになった。

これが、じつに四度目の初体験だ。すでに、どちらとも経験している。今回はできるだけ長持ちさせたいので、まずは膣肉がより柔らかい小百合を初体験の相手に選んだ。

つい先ほど射精したばかりだが、ペニスは萎えることを忘れたようにそそり勃っている。なにしろ魅力的な女性がふたりで迫ってくるのだ。興奮は萎むどころか、ますますふくれあがっていた。

臀裂を割り開けば、どぎつい赤の女陰が見えてくる。しとどの華蜜で濡れそぼり、逞しい肉柱で貫かれるのを待ち受けていた。

「そんな、わたしは？」

由衣が不服そうに振り返る。彼女のことも放っておくわけにはいかなかった。

「あとでちゃんとしますから」

陽二郎は声をかけながら、内心、大変なことになったと震えあがる。まだ経験が浅いのに、ふたりの女性を相手にしているのだ。本当に満足させられるか、まるで自信がなかった。

それでも、最高潮に興奮している。彼女たちも求めているが、陽二郎もセックスしたくてたまらなかった。

「いきますよ……ふんんッ」

もう我慢できない。亀頭を陰唇にあてがうと、女壺にズブズブ埋めこんだ。内側に溜まっていた果汁が溢れ出し、彼女の内腿を濡らしていく。膣口がキュウッと締まり、太幹が思いきり絞りあげられた。

「くううッ」

「ああッ、こ、これよ……これを待ってたの」

小百合が甘い声をあげて、背中を仰け反らせる。豊満な尻を突き出すと、自らペニスを深い場所まで導いた。

「す、すごく締まってますよ」

陽二郎が語りかければ、小百合はたまらなそうに尻を左右に揺さぶった。

「突いて……ねえ、突いて」

濡れた瞳で振り返り、ピストンをねだってくる。陽二郎はくびれた腰をつかむと、さっそくペニスを出し入れした。

「あッ……あッ……」

「お、大家さんのなか、ヌメヌメして……くううッ」

柔らかい媚肉が快感をもたらしてくれる。気を抜くと、あっという間に達してしまいそうだ。尻肉に力をこめて射精欲を抑えながら腰を振る。亀頭で子宮口をたたき、引き抜くときはカリで膣壁を擦りあげた。

「ああッ、いいわ、逞しいのね」

小百合が喘ぎながら褒めてくれる。

だが、陽二郎は前回の記憶があるので、小百合とセックスするのはこれが二回目だ。蕩けるような蜜壺の感触に酔いながらも、心構えができていたのでなんとか耐えられた。

「ううッ……ううッ」

それでも、気持ちいいことに変わりはない。媚肉は柔らかいのに締めつけは強烈だ。熟れた女体がもたらす快楽はあまりにも強すぎる。懸命に奥歯を食いしばり、射精欲を抑えながらピストンした。

「陽二郎さん、わたしも……」

由衣が淋しげな声を漏らして腰をよじった。

小百合が感じている姿を見せつけられて、我慢できなくなったらしい。右手を自分の股間に伸ばすと、陰唇をいじりはじめる。濡れそぼっている女陰が、クチュクチュと淫らな音を響かせた。

(このままイクわけには……)

ふたりの女性から同時に求められることなど、二度とないかもしれない。それなら、この状況を楽しんでおきたい。だが、このまま小百合と腰を振り合っていると危険な気がした。

(由衣ちゃんともつながっておかないと……)

もはや無限ループのことなど、頭から飛んでいた。交互に挿入して、チャンスがあれば絶頂に追いあげるしかない。決意を固めると、いったん小百合の膣からペニスを引き抜いた。

「あンっ……どうして?」

小百合が不満げな瞳で振り返る。そして、そそり勃つ肉柱を物欲しげに見つめてきた。

「あとで、また戻ってきます」

そうは言ったものの、本当に戻ってくることができるか自信はない。とにかく、由衣の背後へ移動すると臀裂の狭間をのぞきこんだ。

ピンクの割れ目がたっぷりの蜜で濡れている。小百合の少し型崩れした陰唇とは異なり、由衣のそれはきれいな形を保っていた。それでも、かなり欲情しているらしく、二枚の花弁はウネウネと妖しげに蠢いていた。

「よ、陽二郎さん……も、もう……」

限界まで欲情しているのだろう。由衣は腰をくねらせて、ペニスの挿入を求めてくる。だから、陽二郎は遠慮なく亀頭を押し当てた。

「いきますよ……うんんッ」

一気に根元まで埋めこんだ。とたんに女壺全体が収縮して、肉棒をギリギリ締めあげてきた。

「はあああッ、い、いきなり……」

由衣は頭を跳ねあげると、甲高い嬌声をまき散らす。それと同時に背すじが反り返り、艶めかしい曲線を描き出した。

「あううッ、い、いいっ……気持ちいいですっ」

四つん這いの状態でヒップを突き出し、挿入の快楽に酔っている。両手でシーツをつかみ、早くも昇りつめそうな雰囲気になっていた。

（よし……いけるぞ）

前回セックスしたことで、由衣の弱い場所はわかっている。そこを集中的に責めれば、彼女を先に追いあげることも可能なはずだ。

陽二郎はヒップを押しつぶすように、腰を強く押しつける。そうすることでペニスがより深い場所まで入りこみ、亀頭が膣道の行きどまりまで到達した。そして、体重を浴びせるようにグリグリ押しつけていく。

「ああッ、そ、そこっ、はあああッ」

由衣の唇からよがり声が溢れ出す。膣の奥を刺激すると、女体の反応が明らかに大きくなった。

「ここがいいんだよね」

根元まで押しこんだ状態で、さらに強弱をつけて膣奥を圧迫する。ピストンというより、子宮口を押し揉む感じだ。

「あああッ……ど、どうして、いいところがわかるの？」

やはり奥が感じるらしい。由衣はとまどった様子で喘ぎ、腰を右に左によじらせる。その一方で無数の膣襞は歓喜して太幹に絡みつき、しゃぶりつくすようにウネウネと這いまわった。

「くううッ……す、すごいっ」

強烈な快感が湧きあがるが、フェラチオで射精しているので耐えられる。下っ腹に力をこめて射精欲を抑えこみ、膣奥を集中的に刺激した。

「あああッ、お、奥っ……あああッ」

由衣はいつしか頬をシーツに押しつけて、尻だけを突きあげた格好になる。ペニスを小刻みに出し入れして、蜜壺の奥を意識的に圧迫すると、女体がガクガクと小刻みに痙攣した。

「そ、そこばっかり……あああッ……あああッ」

「ここがいいんだよね……ふんッ、ふんッ」

連続して子宮口をたたきまくる。そうすることで、由衣の喘ぎ声が瞬く間に大きくなった。

「はあああッ、い、いいいっ、あああああッ」

「ううッ……ううッ」

懸命に射精欲を抑えながら、ペニスを小刻みにピストンする。亀頭を最深部に送りこみ、由衣の敏感な箇所をコツコツとノックした。

「あううッ、お、奥っ、もうダメぇっ」

隣では小百合が瞳を潤ませながら見つめている。その前で由衣はついに絶頂への階段を昇りはじめた。

「ああッ、いいっ、いいっ、もう、あああッ、もうっ」

切羽つまったよがり声を聞きながら、陽二郎は全力でペニスをたたきこんだ。

「ひあああッ、イッ、イッ、イックううううッ!」

由衣の背中が思いきり反り返る。両手でシーツを強く握りしめて、アクメの声を響かせた。

「ぬうううッ」

陽二郎はとっさに奥歯を食いしばった。

膣道のうねりに射精欲が刺激される。それでも全身の筋肉に力をこめて、懸命に快感を抑えこんだ。

(な、なんとか……)

精神力で耐えきった。ペニスをゆっくり引き抜くと、由衣はそのままシーツの上に突っ伏した。

屹立したままの肉柱がヒクついている。由衣の愛蜜にまみれて、ヌラヌラと黒光りしていた。彼女の弱点を知らなければ、いっしょに昇りつめていたかもしれない。奥が感じると事前にわかっていたから、そこを集中的に責めて由衣を先に追いあげることができたのだ。

「小島くんって、すごいのね……」

小百合が熱い眼差しを送ってくる。尻を高く掲げたまま、後ろから貫かれるのを待っていた。

由衣があっさり絶頂する姿を目の当たりにして、陽二郎のことを経験豊富な男と勘違いしたらしい。期待が高まっているのが伝わってくるから、しっかり感じさせなければならなかった。

(前回は確か……)

はじめて小百合とセックスしたときのことを回想しながら、彼女の背後に移動する。

あれは人生で二度目のセックスだった。とはいっても、小百合がそのことを覚えているはずもない。なにしろ、土曜日をリピートしているのだ。前回は余裕がなくて、とにかく無我夢中で腰を振った。その結果、小百合を絶頂させることに成功した。

おそらく、激しいセックスが好みなのだろう。そうとわかれば、全力で責め立てるしかなかった。

「いきますよ」

亀頭を膣口に押し当てると、まずは慎重に入っていく。そして、根元までぴっちり埋めこんだ。

「ああンっ……やっぱり大きいわ」

小百合が艶めかしい声をあげる。柔らかい媚肉がうねり、男根をやさしく包みこんできた。

(くううッ……や、やばい)

極上の蜜壺が、最高の快楽をもたらしてくれる。ここまで我慢してきたが、さすがに限界が近づいていた。

受け身になったら、あっという間に耐えられなくなってしまう。前回のように腰を振りまくり、彼女に絶頂を感じさせるしかない。一か八かになるが、それしか勝ち目はなかった。

「動きますよ……ううッ」

両手で尻たぶをつかみ、指先を柔肉に食いこませる。そして、腰を力強く振りはじめた。

「あッ……あッ……」

小百合の唇から切れぎれの喘ぎ声が溢れ出す。

彼女の反応を見ながら、徐々にピストンスピードをあげていく。大きなストロークで、長大な肉柱を根元までズンッ、ズンッと打ちこんだ。みっしりつまった媚肉をかきわけるように、亀頭を何度も出し入れする。カリで膣壁を擦りあげれば、女壺全体がうねるように反応した。

「ううッ、こ、これは……くううッ」

呻き声を漏らしながら腰を振る。ここまで我慢してきたため、押し寄せる快感がより大きく感じられた。

「も、もっと……ああッ、もっと突いて」

小百合が尻を振っておねだりする。やはり激しくされるのが好きらしい。陽二郎はくびれた腰をつかむと、本格的な抽送に突入した。

「おおおッ……おおおおッ」

呻き声をまき散らしながら腰をたたきつける。そそり勃った肉柱を奥の奥まで送りこみ、媚肉を思いきりえぐりまわした。

「あぁッ、い、いいっ、いいわっ、あああッ」

喘ぎ声から昂っているのは間違いない。小百合は尻たぶに鳥肌を立てて、左右に振りたくる。女壺の締めつけがいっそう強くなり、太幹がギリギリ絞りあげられた。

「くううッ」

射精欲が急激に成長して、全身が紅蓮の炎に包まれる。視界がどぎつい赤に染まり、もう達することしか考えられない。豊満な尻を抱えこみ、全力でペニスを抜き差しした。

「はああッ、も、もうダメっ、あああぁッ」

小百合がシーツをかきむしり、汗ばんだ背中が大きく反り返る。女体がガクガク震えて、もはやエクスタシーの嵐に呑みこまれる寸前だ。愛蜜の量が増えており、結合部分から湿った音が響いていた。

「おおおッ、も、もうっ、くおおおおッ」

陽二郎は呻き声をまき散らし、ラストスパートの抽送に突入する。欲望のままに腰を振り、いきり勃ったペニスを出し入れした。

「あああッ、いいいっ、イキそうっ、イッちゃいそうっ」

今にも昇りつめそうな小百合の声が引き金となる。牡の獣欲を煽られて、ついにペニスが女壺のなかで脈動した。

「おおおおッ、で、出るっ、おおおおッ、くおおおおおおおおおおッ！」

雄叫びとともに、勢いよくザーメンが噴きあがる。膣の奥深くまで埋めこんだ状態で、心ゆくまで思いきり射精した。ペニスが蕩けそうな快楽に包まれて、頭のなかがまっ白に染まっていった。

「はあああッ、あ、熱いっ、イ、イクッ、イクイクうううッ！」

大量のザーメンを注ぎこまれた衝撃で、小百合もアクメのよがり泣きを響かせる。女体を艶めかしくよじり、凍えたように痙攣する。ペニスをこれでもかと絞りあげて、激しい絶頂に昇りつめた。

（や、やった……やったぞ……）

陽二郎は達成感に酔いしれながら、小百合の背中に覆いかぶさった。

そのまま折り重なって倒れこむ。隣では、まだ由衣がハアハアと呼吸を乱していた。

まさか、こんな体験ができる日が来るとは思いもしなかった。

土曜日をくり返しているのだから、これが初体験ということになる。まさか、はじめてのセックスが3Pになるとは驚きだ。普通の生活を送っていたら、絶対に得られない快楽だった。

（これは、これで悪くないかもな……）

絶頂の余韻で頭の芯がジーンと痺れきっている。

麻里奈のことを忘れたわけではないが、所詮、叶わぬ恋だった。どんなに手を伸ばしても届かないのなら、この快楽に溺れてしまってもいいのではないか。そんなことをぼんやり考えていた。

今日はこの部屋に誰も来ないようにするつもりだった。七海と大悟に断りの電話を入れて、麻里奈がひとりで来たときは居留守を使った。ところが、小百合と由衣が鉢合わせした。新たな展開だったが、童貞を卒業する流れは同じだ。これでなにかが変わるとは思えなかった。

どれくらい時間が経ったのだろう。

スマホの着信音が響き渡り、陽二郎はのっそり体を起こした。だが、今は誰とも話したくない。しばらくして着信音が切れた。

すでに日が暮れており、部屋のなかは暗くなっている。裸のまま立ちあがって、電気をつけた。

蛍光灯が瞬き、部屋のなかを照らし出す。

麻里奈と由衣の姿はすでにない。絶頂の余韻が消え去ると、羞恥がこみあげてきたのか、そそくさと帰っていった。

虚しさが胸にある。

3Pの快感は強烈だったが、やはり本当に好きな相手でなければ、心の満足感は得られなかった。

ベッドに腰かけると、卓袱台に置いてあるスマホに手を伸ばす。着信記録を見て、胸がキュッと締めつけられた。先ほどの電話は麻里奈からだった。しかも、留守電が録音されていた。

(麻里奈ちゃん……)

心のなかで名前を呼ぶと、胸に罪悪感がこみあげてくる。

夕方、訪ねてきたのに居留守を使った。それなのに、小百合や由衣とセックスして、肉欲に溺れてしまったのだ。

震える指先でタップすると、録音されたメッセージが流れ出した。

「陽二郎くん……どうしても会いたいの。大悟のことで相談があって……連絡ください」

ひどく苦しげな声だった。

きっと、大悟の浮気のことだろう。ひとりで抱えこんで、つらい思いをしているに違いない。

(やっぱり、俺……)

麻里奈のことが好きだ。

だが、きっと会えば同じことになる。麻里奈は心の拠りどころを求めて、陽二郎に迫ってくるだろう。

もちろん、麻里奈とセックスしたい。

しかし、拒めば傷つけてしまうし、浮気のセックスをすれば、彼女は二重に苦しむことになる。少しでも楽にしてあげたい。そう考えると、会いたいけれど会うわけにはいかなかった。

(俺は、どうすれば……)

麻里奈を助けたいが、その方法がわからない。

とにかく、土曜日をリピートしているうちは前に進めなかった。大悟と七海の密会を阻止するだけでは、麻里奈を救うことにはならない。苦しみから解放させるには、大悟との関係を見直させるしかないのではないか。

そうだとしても、明日を迎えなければどうにもならない。どうすれば土曜日の無限ループを抜け出して、日曜日になるのだろうか。これまで何度も考えてきたことだが、あらためて考え直した。

日中、どんなことをしても、翌朝になると必ず土曜日になっている。昼間の行動はリピートに影響していないようだ。しかも、記憶が残っているのは自分だけで、ほかの人たちはまったく不思議に思っていなかった。

(クソッ、どうすればいいんだ……)

いくら考えてもわからない。とにかく、いつも目が覚めると、土曜日の朝になっているのだ。

「あっ……」

そのとき、ふとあることに気がついた。

(寝なかったら、どうなるんだ?)

寝ている間に、なにかしら不思議な力が働いて、土曜日をリピートしているのではないか。

その仮説が正しいなら、寝なければリピートしないことになる。現状ではなにもわからず、解決の糸口すら見つかっていない。それならば、試してみる価値はあるのではないか。

（よし……）

今夜は眠らず朝まで起きているつもりだ。

ただの勘でしかないが、なにかが変わる気がする。きっと、どこかに突破口があるはずだ。時空の歪みなのか、運命のいたずらなのか、とにかく土曜日の無限ループという謎現象に巻きこまれた。それなら、抜け出す方法もきっとあるに違いなかった。

ふたりの女性とセックスして疲れているが、麻里奈を助けるためと思えばがんばれる。日曜日の朝まで、絶対に寝ないと心に誓った。

（やったぞ、朝だ……）

睡魔と戦いつづけて数時間、窓の外が白みはじめた。

ベッドで横になると寝てしまうので、意味もなく部屋のなかをウロウロ歩きつづけた。窓の外が瞬く間に明るくなってくる。太陽が昇ればこっちのものだ。朝陽を浴びることで、自然と元気が湧いてくる気がした。

卓袱台の上に置いてあったスマホを手に取り、画面をのぞきこんだ。

一月十七日、日曜日——。

間違いなく、そう表示されていた。

「よし……」

思わず声に出して、拳を握りしめた。

ようやく、土曜日の無限ループから脱出できそうだ。

とりあえず安堵してベッドに腰かける。昨夜はふたりの女性を相手に激しいセックスをしたのに、一睡もしていないのだ。さすがに疲労が澱のように蓄積しており、頭もクラクラしていた。

第五章　はじめての告白

1

けたたましいアラームの音ではっと我に返った。

陽二郎はベッドに腰かけている。慌てて枕もとの目覚まし時計に手を伸ばして、アラームを切った。

（えっ……）

いつの間にか朝の九時になっていた。

大丈夫だと思ったとたん、気が緩んだのだろう。座ったまま、うとうとしていたらしい。ほんの短い時間だが眠ってしまった。部屋のなかを見まわすと、窓から眩い朝の光が差しこんでいた。

（……あれ？）

なにか違和感を覚えて首をかしげる。

卓袱台の上に、コンビニ弁当の空き容器やペットボトル、それに雑誌が置いてあった。

昨日の朝、卓袱台の上を片づけて、カップラーメンを食べたはずだ。カップラーメンの容器はどこにいったのだろう。確か昨夜はそのまま置いてあったのではなかったか。

なにかいやな予感がする。陽二郎は全身に鳥肌が立つのを感じながら、慌ててテレビをつけた。

「本日、土曜日は快晴に恵まれて、行楽日和と――」

お天気お姉さんがにこやかに語りかけてくる。もう、何回も観たことのある映像だった。

「そ、そんな……ウソだろ？」

つぶやく声が虚しく響いた。

結局、また土曜日をリピートしてしまった。これで五回目の土曜日だ。また同じことが起きるに違いない。

（もう……疲れたよ）

寝不足もあって、すっかり弱気になっていた。

放っておけば、今日も七海と大悟が密会するだろう。そして、麻里奈が悲しみを抱えてやってくるに違いない。

（俺は、どうすれば……）

どんな言葉をかければいいのだろう。とにかく、勢いのまま抱いても、解決にもならないことだけはわかっていた。

いっそのこと、誰にも会わない、なにもしないほうがいいのではないか。七海、大悟、そして麻里奈。さらには小百合と由衣も、陽二郎と会うことで、普通ではないことが起きている。

（もしかして、俺が元凶なんじゃないか？）

ふとそんな気がした。

逃げたほうがいい。それが、みんなのためになるのではないか。正直、どうすればいいのかわからない。だからこそ、とにかく今日は誰にも会わず遠くへ行くことに決めた。

今日はみんなが来ることになっている。だが、声を聞くと決心が鈍りそうなので、誰にも連絡せずにスマホの電源を落とした。

もしかしたら、長い旅になるかもしれない。少し着替えを持っていこうと、クローゼットを開けて、奥からボストンバッグを引っ張り出した。

「あっ……」

そのとき、クマのぬいぐるみが目にとまった。

(これは……)

思わず手に取って、まじまじと見つめた。

一度目の「十六日の土曜日」に、麻里奈が持ってきてくれた物だ。クローゼットにしまって、そのまま忘れていた。

(麻里奈ちゃん……俺、どうしたらいいかわからないんだ。ごめん)

心のなかで謝り、ぬいぐるみを強く抱きしめる。その直後、またしても違和感を覚えた。

なぜ、このぬいぐるみはクローゼットのなかに残っていたのだろう。

確かに、一度目の土曜日に陽二郎がクローゼットにしまった。だが、土曜日をリピートした時点で、なくなっているはずだ。これまでのパターンだと、すべてがまっさらな状態に戻っているはずだった。

(なんで、このぬいぐるみだけ……)

土曜日の朝にあるはずのない物がここにある。

このぬいぐるみだけリセットされずに残っていたということは、なにか重要なカギになっているのではないか。

陽二郎はぬいぐるみを細かく調べはじめた。手足を触ったり、あちこち押してみたりする。だが、とくに変わったところは見当たらない。念のため、綿を入れるための背中のファスナーを開けてみる。

(なんだ、これ?)

小さく折りたたんだ便箋が入っていた。

恐るおそる取り出して、そっと開いていく。すると、見覚えのある丁寧な文字が並んでいた。驚いたことに「陽二郎くんへ」という出だしからはじまる手紙だった。


このぬいぐるみのこと覚えていますか。

わたしの二十歳の誕生日に、陽二郎くんがプレゼントしてくれた物です。

大学の近くにある喫茶店で会ったよね。あれから、もう六年も経つのね。あのとき、もしかしたら告白してくれるかもしれないって期待していたの。陽二郎くんも、わたしに好意を持ってくれていると思っていたから。

でも、告白してもらえなかった。誕生日プレゼントだけもらって、家に帰ってから泣きました。わたし、自惚《うぬぼ》れてたのかな……。

落ちこんでいるとき大悟に告白されて、なんとなくつき合うことになった。大悟には悪いと思うけど、悲しみを癒したいだけだったのかも……。

はじまりがそんな感じだったから、やっぱり無理があったんだと思う。大悟は浮気をしてるみたい。でも、わたしに責任があるの。大悟の気持ちを受けとめられなかったから。

できることなら、二十歳のころに戻ってやり直したい。そんなこと、できるはずがないってわかってるけど。

なんか愚痴みたいになっちゃってゴメンね。でも、今も気持ちは変わっていません。


どこにも署名は見当たらない。

しかし、これは麻里奈の文字だ。ずっと彼女のことだけを想ってきた。愛しい人の書いた文字を見紛うはずがなかった。

(そ、そんな、まさか……)

愕然として全身から力が抜ける。陽二郎はくずおれるようにして、その場にしゃがみこんだ。

六年前のあの日、麻里奈は告白されることを期待していた。二十歳のころ、自分たちは相思相愛だったのだ。

(それなのに、俺は……)

告白する勇気がなくて、誕生日プレゼントを渡しただけだった。どれだけ臆病で鈍感なのだろう。当時の自分をぶん殴ってやりたかった。

この手紙をぬいぐるみに入れた麻里奈の気持ちを考えると、胸がせつなく締めつけられた。

夫、大悟の浮気で苦しんでいたに違いない。そして、陽二郎への淡い恋心を思い出していたのだろう。叶わぬことだとわかっていながら、あのころに戻りたいと願って……。

壁に寄りかかり、がっくりとうな垂れる。

自分はいったいなにをやっていたのだろう。後悔の念がこみあげて、俺もあのころに戻りたいと心底願った。

そういえば、麻里奈はこのクマのぬいぐるみを渡してくれる前、伊豆に行ってきたと話していた。

(伊豆……)

心のなかでつぶやいたとき、ふと古い記憶がよみがえった。

2

あれは大学の卒業を目前に控えたころだった。

どうして、そういう話になったのかは覚えていないが、陽二郎と大悟、そして麻里奈の三人で遠出をした。日帰りのドライブで、確か卒業旅行のちょっとした代わりだった気もする。

とにかく、レンタカーを借りて大悟がハンドルを握った。

向かったのは伊豆の山中だ。確か「縁結びのお地蔵さま」があるとかで、麻里奈がお参りに行きたいと言い出したのだ。ひと昔前、話題になったお地蔵さまだと聞いていた。

埋もれていた記憶が、だんだんよみがえってくる。

陽二郎は最初から乗り気でなかった。もともと願掛けや占いの類は信じていない。正直なところ、まったく興味がなかった。

それに、麻里奈はきっとお地蔵さまに、大悟との結婚をお願いすると予想していた。そんなところに立ち会っても面白いはずがない。だが、麻里奈から「いっしょに行こう」と何度も誘われて断れなかった。

とある展望台の駐車場に車を停めて、山道を少し歩いたのを覚えている。お地蔵さまを見つけると、麻里奈はやけに熱心に手を合わせた。なにをお願いしたのか、尋ねる気もしなかった。

――陽二郎くんもお願いしたら。過去の恋愛も叶うらしいよ。

麻里奈の言葉をはっきり思い出した。

今の今まで忘れていたのは、麻里奈が大悟との結婚をお願いしたと思いこんでいたからだ。おそらく、記憶から抹消したくて、心の奥に押しこんで扉に鍵をかけていたのだろう。

――お願いしたいことなんてないね。

陽二郎は思わずそう言い放った。

忘れていた麻里奈の悲しげな顔が脳裏にはっきり浮かんだ。直後に悪いことをしたと思ったが、あとの祭りだった。

(伊豆に行ったってことは、もしかして……)

ふいに確信めいた思いがこみあげてくる。

麻里奈はあのお地蔵さまのところに行ったのではないか。そして、過去の恋愛が叶うようにお願いしてきたのではないか。

今にして思えば、学生のときも麻里奈は同じお願いをしたのかもしれない。しかし、きっと今のほうが切実だろう。大悟の浮気も重なり、なにかに縋《すが》りたかったに違いない。

麻里奈がこのぬいぐるみを持参したとしたら。そして、願いが聞き入れられたのだとしたらどうだろう。

その結果、土曜日に陽二郎がぬいぐるみをもらってから、時間が戻りかけているのかもしれない。時間は前に進まず、同じ日をくり返しているとは考えられないだろうか。

(い、いや、そんなバカな……)

即座に自分の考えを否定する。

いくらなんでも、そんなことはあり得ない。現実的に考えて、そんなことが起きるはずなかった。

しかし、土曜日をリピートしているのは事実だ。すでに五回目も、十六日の土曜日をくり返している。非科学的だとわかっているが、実際に起きたことは否定できなかった。

麻里奈が熱心に手を合わせている姿が脳裏に浮かんだ。

(でも、一日しか戻れないなんて……)

彼女の想いが足りなかったということだろうか。

きっと懸命に願ったはずだ。それなのに、中途半端な結果になったのだとしたら、麻里奈があまりにも不憫だった。

(もっと強い想いがあれば、あるいは……)

そのとき、ある考えが脳裏に浮かんだ。

確信はない。だが、どうせ八方塞がりの状態だ。思いついたことは、なんでもやってみる価値はあるだろう。駄目だったとしても、土曜日をリピートするだけなのだ。

かった。


(よし、やるしかない)

陽二郎は便箋をぬいぐるみの背中に戻してファスナーを引きあげた。

そして、ぬいぐるみをバッグのなかに入れると、急いで出かける準備に取りかかった。

(確か、この辺だったはずなんだけど……)

レンタカーを借りて、なんとか伊豆までやってきた。

時刻は午後二時をまわったところだ。展望台の名前も覚えていないので、おぼろげな記憶を頼りに走りまわるしかない。そして、一時間がすぎたころ、ようやく見覚えのある駐車場にたどり着いた。

(ここだ。間違いない)

遠くに見える山々の景色が記憶に残っている。

すっかり忘れていたのに不思議なものだ。雄大な景色を目にしたとたん、当時のことが次々と脳裏によみがえった。

寂れた展望台だ。

土産物屋も食堂もない。それどころか、自動販売機すら置いていない。ただ駐車場があるだけの休憩スペースで、観光客がわざわざ立ち寄るような場所ではなかった。

今、ほかに車は一台も停まっていない。あの日も同じだ。車は自分たちのレンタカーだけだった。

時刻は午後三時すぎ、陽二郎はバッグを持って外に出た。ひんやりした風が吹き抜ける。ブルゾンのファスナーを一番上までひきあげると、駐車場の脇から延びている細い道にわけいった。

雑草が生い茂っているが、獣道のようになんとなく道すじがついている。しばらく進むがなにもない。看板も標識もない草むらだ。前回もこんなところを歩いたが、本当に合っているのか不安になってきた。

あのときはどれくらい歩いただろう。五分だったか、十分だったか、あるいはそれ以上か。とにかく、記憶を頼りに進むしかなかった。

陽二郎と連絡が取れなくなったことで、みんなどうしているだろう。結局、本筋の流れは変わらないのではないか。最終的には、本来の結果へと寄っていく気がしていた。

そうなると、今ごろ大悟と七海は裸で抱き合っている時間だ。そして、麻里奈は悲しみに暮れて、陽二郎を探しているのではないか。もしかしたら、何度もスマホに電話をかけているかもしれなかった。

(ごめん……)

胸のうちで謝罪する。

陽二郎のスマホは電源を落としていた。明日に進むため、今は思いつく限りのことをするしかなかった。

しかし、寝不足で山道を歩くのは思いのほか応える。伊豆まで運転してきただけでも疲れているのに、だんだん足もとがおぼつかなくなってきた。眠気も襲ってくるが、心のなかで自分を叱咤しつづけた。

(負けてたまるか。絶対にあきらめないぞ)

もう後悔したくない。あのとき告白さえしていれば、人生はまったく違うものになっていたのだ。

ふらふらになりながら、懸命に歩を進めた。

十五分ほど歩くと、ふいに雑草が生えていない場所に出た。直径二メートルほどだろうか、なぜかそこだけ土が剝き出しになっている。そして、その中心に膝の高さほどのお地蔵さまが鎮座していた。

（あ、あった……）

ほっとすると同時に力が抜けて、お地蔵さまの前にへたりこんだ。

赤い前掛けをつけているが、すっかり色あせているうえにボロボロだった。風雨に曝されてきたせいか、全体的に凹凸が少なくなっているが、表情がどこまでも穏やかだ。だが、その達観したようにも見える表情が、ありがたいものに思えてくるから不思議だった。

このお地蔵さまに間違いない。

大学卒業を間近に控えたあの日、自分たちは確かにここに来た。そして、麻里奈が熱心に手を合わせる横で、大悟もいっしょになってなにかを願っていた。それを陽二郎は白けた気持ちで眺めていたのだ。お地蔵さまのご利益をまったく信じていなかった。

――こんなもので人生が変わるはずないだろ。

信じないどころか、腹のなかでそう思ったのではなかったか。

だから、最近になって麻里奈が訪れたのに、中途半端にしか願いが叶わなかったのかもしれない。あのとき小馬鹿にしたから、陽二郎がかかわる願いに制限がかかっているのではないか。

（俺のせい……なのか？）

すべては想像にすぎなかった。

なにが正解なのかわからないし、そもそも正解などないのかもしれない。まったく見当違いなことをしている可能性もある。むしろ、その可能性が高いかもしれない。

（それでも……）

一縷《いちる》の望みに縋るしかない。きっと麻里奈がそうしたように、陽二郎も全身全霊で願うしかなかった。

陽二郎はバッグからクマのぬいぐるみを取り出して、お地蔵さまの前にそっと置いた。そして、正座をすると頭をさげる。額を地面に擦りつけると、心の底から謝罪した。

（あのときは申しわけございませんでした）

正式にはどうするのかわからない。とにかく誠心誠意、気持ちを伝えるしかないと思った。

お地蔵さまの表情は変わらない。はたして許しを得られたのだろうか。とにかく、本題に入ることにした。

（どうか、俺の恋を叶えてください）

手を合わせると、心のなかで真剣に願った。

今までどおりの生活を送っていたら、お地蔵さまになにかをお願いすることなどまずなかっただろう。だが、土曜日がリピートする不思議な現象を経験している。世の中には理屈では説明がつかないこともあると知った。

このお地蔵さまは、過去の恋愛を叶えてくれるという。本当にそんな力があるかどうかはわからない。力が証明されれば、もっと大勢の人が集まってくるだろう。だが、陽二郎は本気で信じていた。

（お願いします。俺は本気で麻里奈ちゃんのことを想っています）

愛しい人の顔を思い浮かべて、心のなかで懸命に唱える。気持ちが昂ぶりすぎたのか、鼻の奥がツーンとなって涙が滲んできた。

きっと麻里奈も訪れている。そして、クマのぬいぐるみを取り出して、心から願ったに違いない。その姿を想像すると、胸がせつなく締めつけられる。彼女の気持ちも含めて、懸命に祈りつづけた。

（どうか……どうか、この恋を成就させてください）

ついに熱い涙が溢れて頬を伝った。

顎の先から雫となってポタポタと滴り落ちる。クマのぬいぐるみの頭にかかり、毛のなかに染みこんでいった。

(麻里奈ちゃんを悲しませたくないんです。お願いします)

心のなかで、麻里奈の名前をくり返し呼びつづける。

どれくらいの時間、そうやって手を合わせていたのだろう。あたりは薄暗くなり、よりいっそう冷たい風が吹きはじめた。

寝不足のせいもあって、頭がクラクラしてくる。このままだと危険かもしれない。そう思ったとき、いきなり視界が傾いた。

「うぐっ……」

側頭部に激しい衝撃が襲いかかる。気づいたときには、正座をしたまま真横に倒れていた。

体が動かない。極度の疲労で全身が鉛のように重かった。寒風に吹かれつづけたせいで、いつしか体の芯まで冷えきっている。寝不足で思考もグンニャリ歪んでいた。

(や、やばい……)

意識が急激に遠のいていく。必死に願っているうちに、心も体も限界に達していたらしい。もう指一本動かせなかった。

（お、俺は……麻里奈ちゃんと……）

まるでスイッチを切るように、視界があっという間に狭まっていく。暗闇に呑みこまれる寸前、最後まで見えていたのはお地蔵さまだった。

（お願いします……どうか……）

視界は黒く染まったが、脳裏にはまだ麻里奈の笑顔が浮かんでいる。意識が途切れるまで、陽二郎は懸命に願いつづけた。

3

「これ……わたしに？」

麻里奈がきょとんとした顔で尋ねてくる。デパートの紙袋を手にしており、わずかに首をかしげていた。

（あれ……なんだ？）

陽二郎は喉もとまで出かかった言葉を呑みこんだ。

いったい、なにが起きているのだろう。こちらのほうが尋ねたい気分だが、この場面には見覚えがあった。

麻里奈と陽二郎はテーブルを挟んで、向かい合わせに座っている。テーブルには、それぞれお冷やとコーヒーカップが置いてあった。

(ここって……)

さりげなく周囲に視線をめぐらせる。

通路を仕切っている植木、年季の入った板張りの床、落ち着いたグレーの壁紙、ガラス窓の向こうに見える歩道橋。すべてはっきり覚えている。ここは大学の近くにある喫茶店だ。

(どうして、ここに……しかも、麻里奈ちゃんが……)

なにが起きているのか必死に考える。

先ほどまで、お地蔵さまの前で願っていた。しかし、極度の疲労で倒れて、そのまま気絶するように眠ってしまった。それなのに、どうして喫茶店にいるのだろうか。

よく見ると、麻里奈の雰囲気がいつもと違う。確かに麻里奈なのだが、どういうわけか懐かしい感じがする。まるで数年前の写真を見ているような不思議な気分だった。

（あっ……髪が長いんだ）

ようやく、そのことに気がついた。

大学生のころ、彼女の髪は今よりさらに長かった。腰くらいまであったのではないか。美しい髪だったが、結婚を機にばっさり切って、背中のなかほどまでの長さになったのだ。

髪が急に伸びるはずがない。しかし、現実に彼女の髪は伸びている。もしかしたら、ウィッグだろうか。いや、なにか不自然な気がした。

それに着ている服も、いつもと感じが変わっている。クリーム色のハイネックのセーターに、淡いピンクのふんわりしたスカートを穿いていた。昔、よくこういう格好をしていたのを覚えている。そして、六年前のあの日も、彼女はこの服を着ていた。

「陽二郎くん、これって……」

麻里奈が再び尋ねてくる。そして、手にしている紙袋をとまどった様子で見おろした。

（あの袋……ま、まさか……）

鏡を見なくても、頬がひきつるのがわかった。

脳裏に浮かんだ考えを打ち消すが、すぐにまた浮上してくる。あり得ないことだが、それしか考えられなかった。

今日は麻里奈の二十歳の誕生日だ。

夜は大悟と三人で誕生日パーティをする予定になっていた。だから、その前に告白しようと、麻里奈をいつもの喫茶店に呼び出したのだ。

そして、今まさにプレゼントを渡したところだった。あの紙袋のなかにはクマのぬいぐるみが入っている。デパートで散々迷った挙げ句に購入した物だ。それなのに、勇気がなくて告白できなかった。

（そうか、夢……俺は夢を見てるんだ）

お地蔵さまの前で倒れたのを覚えている。

きっと、そのまま夢を見ているに違いない。もしかしたら、お地蔵さまが夢を見せてくれているのかもしれなかった。

（よ、よし、今度こそ……）

夢でも幻でも構わない。とにかく、再び告白するチャンスが訪れたのだ。もう後悔したくなかった。

「誕生日のプレゼント……受け取ってくれるかな」

思いきって話しかける。すると、麻里奈は蕾がほころぶような笑みを浮かべて、こっくりうなずいた。

「かわいい……」

紙袋のなかからクマのぬいぐるみを取り出すと、胸にそっと抱きしめる。そんな彼女の仕草ひとつひとつも記憶のなかのままだった。

(でも、ここからは……)

陽二郎は小さく息を吐き出した。そして、麻里奈の顔をまっすぐ見つめた。

「麻里奈ちゃん……俺と……」

視線が重なり、顔がカッと熱くなる。緊張が極限まで高まり、胸の鼓動が速くなった。

ぬいぐるみに入っていた手紙で、相思相愛だとわかっている。それなのに不安が胸にひろがっていく。告白すれば受け入れてもらえるはずだ。麻里奈もそれを期待しているはずだった。

「お、俺と……つ、つき合ってください!」

勇気を出して告白した。もう彼女の顔を見ることができない。目を強く閉じてうつむいた。

（頼む……麻里奈ちゃんっ）

　これで断られたら生きていけない。顔だけではなく、全身が燃えるように熱くなっていた。

　ところが、麻里奈はなにも言ってくれない。沈黙がつづき、陽二郎は怖くて顔をあげることができなくなった。もしかしたら、断られるのだろうか。胸が苦しくなり、逃げ出したくなったときだった。

「……はい」

　ささやくような声が聞こえた。

　恐るおそる顔をあげる。すると、麻里奈は溢れる涙をハンカチでそっと押さえていた。

「ま、麻里奈ちゃん……」

「うれしい……ありがとう」

　心が伝わった。麻里奈とつき合うことができるのだ。陽二郎の胸にもこみあげてくるものがあり、危うく涙腺が緩みそうになった。

「こ、こちらこそ……」

　それだけ言うのが精いっぱいだ。懸命に涙をこらえて笑いかけると、麻里奈は頬を濡らしながらも笑みを返してくれた。

そろそろ、夢が覚めるのではないか。長年、心に引っかかっていた後悔を払拭できた。もう現実に戻っても構わないと思った。

(お地蔵さま、ありがとうございました)

目を閉じて、心のなかで唱えた。

そっと目を開けてみる。ところが、まだ目の前には泣き笑いしている麻里奈がいた。

(おかしいな……)

さりげなく自分の頬をつねってみる。だが、目が覚めることはなく、お地蔵さまの前に戻る気配もなかった。

「陽二郎くん……」

向かいの席に座っている麻里奈が、瞳で「これからどうするの?」と語りかけてくる。告白が成功したのだ。もしかしたら、ふたりきりになることを望んでいるのかもしれなかった。

「お……俺の部屋に行こうか」

勇気を出して誘ってみる。すると、麻里奈はうれしそうにうなずいた。

「いいの？」

「あ、ああ、もちろんだよ」

陽二郎はとまどいながらも伝票を手に取って立ちあがる。レジに向かうと、麻里奈も黙ってついてきた。

そのうち、夢は覚めるに決まっている。それまでは、戻ってきた青春時代を謳歌しようと心に決めた。

4

陽二郎が住んでいたのは、喫茶店から歩いて十分ほどのところにあるアパートだ。当時の街の景色は懐かしいが、隣を歩く麻里奈のことが気になって仕方なかった。

麻里奈は頰をほんのり染めている。クマのぬいぐるみは再び紙袋に入れて、大切そうに抱えていた。

（よ、よし……どうせ夢なら……）

思いきって手をつないでみる。現実だったらできないが、夢のなかなら大胆になれた。

麻里奈は一瞬驚いた様子だったが、恥ずかしげに応じてくれる。指と指をからませる「恋人つなぎ」だ。しっかり握りしめると、彼女も遠慮がちに握り返してくれた。

（ああっ、ずっとこのままでいいよ）

夢なら覚めないでほしい。麻里奈も無邪気に笑っている。現実より今のほうが何千倍、何万倍も楽しかった。

やがてアパートが見えてきた。

築四十年という年季の入ったアパートだ。六畳一間で日当たりが悪かったが、家賃が安いので四年間住んでいた。

（懐かしいな……）

一階の一番奥が陽二郎の部屋だ。

玄関ドアの前まで行くと、段ボールの切れ端にマジックで「小島」と書いた表札が貼ってあった。

（そうそう、これこれ……）

間違いなく自分の部屋だ。

ブルゾンのポケットを探ると鍵が入っていた。自分の服も当時の物になっている。スニーカーはこの時点でもボロボロだが、これを卒業まで履きつづけることになるのを知っていた。

(なんか、楽しい夢だな)

浮かれながら解錠して、玄関ドアを大きく開ける。そして、麻里奈を部屋に招き入れた。

すでに何度も来たことがあるので、麻里奈も躊躇することなく部屋に入ってくる。そして、コートを脱ぐと、壁ぎわに置いてあるベッドに腰かけた。

「これ、本当にありがとうね」

紙袋からぬいぐるみを取り出し、うれしそうに眺めている。頭を撫でたり抱きしめたりして、心から喜んでいる様子が伝わってきた。

「麻里奈ちゃんに喜んでもらいたくて、なにをプレゼントしようかすごく悩んだんだ」

陽二郎は話しながら、彼女のすぐ隣にさりげなく座った。

なにしろ夢なので、大胆に振る舞うことができる。彼女の肩にそっと手をまわして、いきなり唇を奪った。

「あンっ……」

麻里奈は驚いた様子で身を硬くする。だが、顔をそむけたりはせず、陽二郎の唇を受けとめてくれた。

(ああっ、麻里奈ちゃんとキスしてるんだ)

感動がこみあげて胸のうちが熱くなる。

現実の世界でキスをしたのとは、また異なる感触だ。唇は蕩けるように柔らかいが、小刻みに震えている。しかも、極度の緊張のせいか、全身が凍りついたように硬直していた。

「もしかして……」

唇を離して語りかける。すると、麻里奈は顔をまっ赤にしながら、こっくりとうなずいた。

(ファーストキス……これが、麻里奈ちゃんのファーストキスなんだ)

そのことに気づいてうれしさがこみあげる。

まさか彼女のファーストキスをもらえるとは思いもしない。このままでいけば自分がはじめての男になれるのではないか。そんなことを考えながら、ふと首をかしげた。

（これって、本当に夢なのか？）

夢にしてはリアルすぎる。手のひらが触れている肩も、先ほどキスした唇も、現実としか思えなかった。

（まさか、こっちが現実なんじゃ……）

いつまでも夢が覚めないので、こちらが現実のような気がしてきた。

麻里奈は大悟と結婚するが、その後、夫の浮気に苦しめられることになる。しかも、大悟の浮気相手は、陽二郎の恋人である七海だった。

それらのことは、すべて夢だったのかもしれない。そもそも、土曜日をリピートするなどあり得ない話だ。そんな映画のようなことが、現実に起こるはずがなかった。

自分はまだ二十歳で、その後の六年間を夢に見ていたのではないか。そう考えるほうが自然な気がする。夢のなかなら、土曜日をリピートしても不思議ではない。なにしろ、すべては妄想の出来事なのだから……。

（そうか……全部、夢だったんだ）

告白すると決めたが、フラれたときのことを考えると不安でならなかった。告白するのをやめようかとも考えて思い悩んだ。

その結果、告白しなかったときのことを夢に見たのではないか。陽二郎は就職してから恋人ができるが、大悟に寝取られてしまう。麻里奈を取られて、七海まで取られてしまうのだ。あまりにも虚しくて悲しい夢だった。

(じゃあ、俺も麻里奈ちゃんも、これがはじめてなんだな)

そう思うと緊張感が高まってくる。

しかし、リアルな夢のなかで、何度もセックスを経験していた。その記憶を参考にすれば上手くやれる気がした。

5

「大丈夫、俺にまかせて……」

陽二郎は男らしく声をかけると、再び唇を重ねていく。彼女の柔らかい唇に触れるなり、今度は舌を伸ばして口内に忍ばせた。

「はンンっ」

麻里奈はとまどった声を漏らして身を硬くする。だが、陽二郎は構うことなく口のなかを舐めまわして、奥で縮こまっていた舌をからめとった。

柔らかい舌を唾液とともに吸いあげる。今にも溶けてしまいそうな感触が欲望を煽り立てた。甘い唾液を次から次へと嚥下して、陽二郎もお返しとばかりに唾液を注ぎこんだ。

「ンっ……ンンっ」

麻里奈は困った様子で眉を八の字に歪めながらも、喉を鳴らして唾液を飲んでくれる。それがうれしくて、ますます舌を深くからめていった。

「はぁっ……」

唇を離すと、麻里奈は息を乱しながら見つめてくる。羞恥と息苦しさで顔が赤く染まっていた。

「陽二郎くんは……経験あるの？」

遠慮がちに尋ねてくる。いきなり、こんな激しいキスをすれば、経験があると思って当然だった。

「なんにも、ないよ」

「でも、慣れてるみたい……」

「ウソじゃないよ。キスだってはじめてなんだ。そうだ、大悟に聞けばわかるよ。麻里奈ちゃんがはじめての彼女なんだ」

すべて本当のことだ。夢のなかでは、それなりに経験を積んでいるが、そんなこと信じてもらえないだろう。

「麻里奈ちゃんのすべてがほしいんだ」

瞳を見つめて語りかけた。

胸の鼓動が速くなるが、壮大な夢のおかげで大胆に振る舞える。以前の自分なら、まったく余裕がなかっただろう。本当に六年間の人生経験を積んだような気がしていた。

「俺のはじめての女性になってほしい」

麻里奈は視線をおどおどそらすが、再びまっすぐ見つめてくる。

「よ、陽二郎くん……」

「わたしも……陽二郎くんに、はじめてをもらってほしい」

恥ずかしげな言葉に胸が熱くなった。

自分もはじめてなら、彼女もはじめてだ。童貞と処女のセックスだが、陽二郎に不安はまったくなかった。なにしろ、リアルな夢のなかで3Pまで経験しているのだ。緊張はしているが、期待のほうが大きかった。

麻里奈のセーターを脱がして、スカートもおろしていく。女体に纏っているのは純白のブラジャーとパンティだけになり、白くてなめらかな肌が眩く輝いている。思わず生唾を飲みこみ、彼女の背中に手をまわしていく。指先でホックを探り、プツリとはずす。カップをずらせば大きな乳房が弾むように溢れ出した。

（おおっ！）

胸のうちで唸りながら、陽二郎は微かに首をかしげる。そして、まじまじと乳房を凝視した。

まるまると張りつめており、なめらかな曲線の頂点で淡いピンクの乳首が揺れている。若さ溢れる見事な乳房だ。文句のつけようがない美乳だが、なにか腑に落ちなかった。

「そんなに見られたら……」

麻里奈はぽつりとつぶやき、自分の身体を抱きしめて乳房を隠した。

残念ながら見えなくなってしまう。陽二郎は気を取り直して、パンティに手を伸ばした。

ウエスト部分を指先で摘まみ、ゆっくり引きおろしにかかる。きっと麻里奈も期待しているのだろう。ベッドに腰かけた状態で、尻を少しだけ浮かして協力してくれた。

（おっ……）

黒々とした陰毛が見えてくる。パンティをずらすほど胸が高鳴るが、全容が明らかになった瞬間、思わず固まった。

（こ、これは……）

彼女の恥丘にそよぐ陰毛は、楕円形だった。

夢で見たのとまったく同じだ。乳房の形も乳首の色も、そして陰毛の整え方もすべて見覚えがあった。

（おかしい……どういうことだ？）

あらためて全身を見まわした。

細く締まった腰も、むっちりした尻の感じも知っている。ヴィーナスを思わせる魅惑的な裸体だった。

（あの夢は、いったい……）

夢ということで片づけたが、あれは夢ではなかったのだろうか。そうでなければ、実際に見たことのない麻里奈の裸体を知っているのはおかしい。

（でも、夢ではなかったとしたら……）

すべて現実に起きたことだと仮定したらどうだろう。

土曜日を何度もくり返した挙げ句、お地蔵さまにお願いしたことで、麻里奈の二十歳の誕生日に戻ってきた。それなら、麻里奈の裸体を知っているのは当然のことだった。

（いや、まさか、そんなことが……）

いくら考えてもわからない。なにが夢でなにが現実なのか、確認する手段はないだろうか。

「わたしだけなんて、恥ずかしいよ」

そのとき、麻里奈が不満げにつぶやいた。

「あっ、ご、ごめん……つい、見とれちゃって」

陽二郎は慌ててごまかすと、服を脱ぎ捨てて裸になった。

不思議な現象に見舞われても、ペニスはしっかり勃起している。青筋を浮かべて、棍棒のようにそそり勃っていた。

「やっ……こ、怖い……」

麻里奈が頬をひきつらせる。巨大なペニスを目にして、すっかり怖じ気づいていた。

「大丈夫だよ。俺が、ちゃんとするから……」

落ち着かせるように声をかけると、女体をやさしくベッドに押し倒す。陽二郎もベッドにあがり、彼女の膝をそっと押し開いた。

（やっぱり……）

女陰は鮮やかなサーモンピンクだった。

まったく型崩れしていない二枚の陰唇は、いかにも処女のたたずまいだ。しかし、この色は記憶に刻みこまれている。現実はもちろん、夢も含めて、麻里奈のことはすべて覚えていた。

（見たことがある……俺は、前にも麻里奈ちゃんと……）

だが、あのときの麻里奈は処女ではなかった。

すでに大悟と結婚していた。陽二郎より経験のある麻里奈が筆おろしをしてくれたのだ。

やはり過去に戻ったと考えるほうが正しい気もしてくる。非現実的なのは百も承知だ。しかし、そうでなければ麻里奈の裸体を隅々まで知っていることの説明がつかなかった。

（でも、今はそんなことより……）

目の前の美しい女体に昂っている。麻里奈も頬を染めながら、そのときを待っていた。

前回とは立場が逆になっている。今日は陽二郎がリードして、彼女のはじめての相手になるのだ。

「麻里奈ちゃん……大好きだよ」

女体に覆いかぶさり、張りのある乳房をそっと揉みあげる。指をめりこませてやさしくこねまわし、先端で揺れている乳首を指の間で転がした。すぐにぷっくりふくらみ、指を押し返してくる。

「あンっ……ンンっ」

瑞々しい唇から遠慮がちな声が溢れ出す。経験はなくても女体は確実に反応していた。

(麻里奈ちゃんが感じてるんだ)

そのことが、陽二郎を奮い立たせる。

なにが起きているのか、いまだに理解できていない。だが、少なくとも「十六日の土曜日」をくり返しているわけではなかった。とにかく、今は麻里奈のことだけを考えたい。長年、彼女と心を通わせたうえで、ひとつになることを望んできた。今まさに、それが叶おうとしているのだ。

興奮にまかせて乳首を口に含み、舌を這わせていく。唾液を塗りつけるように舐めまわしては、やさしくチュッと吸いあげた。

「あンっ」

麻里奈はせつなげな声を漏らして腰をよじる。その反応がかわいくて、陽二郎は双つの乳首を交互に舐めまわした。

硬くなった乳首をしゃぶりながら、右手を彼女の下半身に伸ばしていく。女陰に指を這わせれば、クチュッという湿った音が響き渡った。

「濡れてるね」

「いや……言わないで」

麻里奈が恥ずかしげにつぶやき、腰をクネクネとよじらせる。処女でも触られれば感じるらしい。顔をまっ赤に染めて呼吸を乱す姿に、獣欲がもりもりと刺激された。

彼女の脚の間に腰をしっかり割りこませると、屹立したペニスの先端を女陰に押し当てる。柔らかい花弁を亀頭で上下になぞり、愛蜜をたっぷりまぶす。そして、膣口にじわじわと沈みこませた。

「ま、待って……」

「俺にまかせて」

安心させるように囁きかける。最高潮に興奮しているが、本当の童貞よりは余裕があった。

「少しずつ挿れるよ」

「う、うん……」

麻里奈がうなずくと、亀頭を数ミリずつ埋めこんでいく。大切な人が苦しむ顔は見たくない。できるだけ、やさしく破りたかった。

「あっ……はンンっ」

彼女の唇が半開きになり、微かな声が溢れ出す。少しずつ入りこんでくる亀頭に脅威を覚えているのだろう。震える睫毛に恐怖が滲んでいる気がした。

だが、ここでとめるわけにはいかない。彼女を苦しめたくないが、ひとつになりたい。矛盾する双つの思いに揺れながらも、さらにペニスを挿入する。すぐに先端がなにかにぶつかった。

おそらく、これが処女膜だ。この先にふたりの未来がある気がする。陽二郎は語りかける代わりに、彼女の髪をそっと撫でた。

「来て……」

気持ちは伝わったらしい。麻里奈は震えながらつぶやいた。

陽二郎は小さくうなずくと、腰をゆっくり押し進める。処女膜はゴムのようにたわむが、さらに力を加えるとブチッという感触とともに抵抗がなくなった。亀頭が一気に沈みこみ、膣道全体が驚いたように収縮した。

「はンンンッ！」

女体が硬直して、麻里奈の唇から苦しげな声が溢れ出す。

眉間に深い縦皺を刻みこみ、両目を強く閉じている。それなのに「痛い」とは言わなかった。

（や、やった……麻里奈ちゃんのはじめての男になったんだ）

胸に満足感がひろがっていく。陽二郎は動きをとめると、女体をしっかり抱きしめた。

「麻里奈ちゃん、入ったよ」

「う、うれしい……」

麻里奈も耳もとでささやいてくれる。破瓜の痛みがひろがっているはずなのに、決して弱音を吐かなかった。

「最後まで……お願い」

「でも……」

「もっと深くつながりたい……陽二郎くんと」

涙ぐんでいるのは、痛みのせいだけではないだろう。ひとつになった喜びがあるに違いない。

「じゃあ、ゆっくり……」

陽二郎は慎重に挿入を再開する。カタツムリが這うように、超スローペースで結合を深めていった。

「ンっ……ンンっ」

麻里奈は耐えるように下唇を嚙みしめている。やがて、ペニスがすべて膣内に収まった。

「ぜ、全部……もう、絶対に離さないよ」

胸に熱い想いがこみあげる。もう二度と離したくない。できることなら、一生このままでいたかった。

「うん……離さないで」

麻里奈もささやいてくれる。両手を陽二郎の背中にまわして、しっかり抱きついてきた。

（ああっ、麻里奈ちゃん）

ペニスを根元まで埋めこんだまま、そっと唇を重ねていく。彼女も遠慮がちに舌を伸ばして、自然とディープキスになった。

腰は動かすことなく、口づけに没頭する。舌をからませては粘膜を擦り合わせて、唾液を何度も交換した。

（まさか、こんな日が来るなんて……）

もう、夢でも幻でも、現実でも構わない。

こうして、麻里奈と感動を共有している記憶は永遠に残るだろう。これから先、どうなるのかまったくわからない。それでも、今日のことを思い出せば、どんな苦しみでも乗り越えていける気がした。

「陽二郎くん、動いて」

麻里奈が耳もとでささやいた。声に少しだけ余裕が感じられる。膣と男根が馴染んできたのかもしれない。

「痛かったら言うんだよ」

慎重に腰を振りはじめる。ペニスをジリジリ後退させて、再びスローペースで埋めこんでいく。はじめて男根を受け入れたのだ。膣肉は困惑したように震えつづけていた。

「ンっ……はンっ……はあンっ」

苦しげな吐息のなかに、ときおり甘い響きが入りまじる。心がつながっているから、はじめてのセックスでも感じるのかもしれない。麻里奈は恥ずかしげに頬を染めながら見あげてきた。

「な、なんか……ヘンな感じなの」

「気持ちよくなってきたんだね」

陽二郎が語りかけると、彼女は答える代わりに睫毛を伏せる。羞恥にまみれながらも、腰をよじる姿に欲望が煽られた。

「俺も気持ちいいよ。いっしょに、もっと気持ちよくなろう」

慎重に腰を振りつづける。あくまでもスローペースで女体を気遣ったピストンだ。それでも、心が通っているので充分気持ちよくなれる。それどころか、ゆったりした動きが、焦れるような快感を生み出していた。

「あっ……あっ……」

麻里奈の唇から切れぎれの喘ぎ声が溢れ出す。

彼女も感じてくれていると思うと、それだけで快感が大きくなる。これこそ陽二郎が求めていたセックスだ。本当に好きな人とは、体だけではなく心でもしっかりつながりたかった。

「ううっ……き、気持ちいい」

ほんの少しだけ抽送速度をあげてみる。それでも、麻里奈はうっとりした顔で喘いでいた。

「ああっ、な、なんか……ああっ」

はじめての快感にとまどっているのかもしれない。麻里奈は下腹部を波打たせて、ペニスをギリギリ締めつけてきた。

「くううッ、い、いいっ、すごくいいよ」

「う、うれしい……もっと気持ちよくなって」

視線を交わして腰を振る。こうして見つめ合うことで、さらに愉悦が深まる気がした。

「ま、麻里奈ちゃん……ううッ、麻里奈ちゃんっ」

抱き合って口づけを交わし、舌をからめて腰を振る。ゆったりしたピストンでも気持ちはどんどん昂り、瞬く間に限界が近づいてきた。

「あッ……あッ……な、なんか……あぁッ」

麻里奈の喘ぐ声にも興奮を煽られて、射精欲がふくれあがっていく。もう、これ以上我慢できそうになかった。

「お、俺、もう……くううッ」

懸命に抑えながら腰を振るが、それでも絶頂の波は押し寄せてくる。静かなセックスなのに、身も心も激しく燃えあがっていた。

「よ、陽二郎くん、あああッ」

「ううッ、で、出るっ、麻里奈ちゃんっ、おおおッ、おおおおおおッ！」

とてもではないが耐えられない。陽二郎が雄叫びをあげながら、思いきり精液を放出した。熱い媚肉に締めつけられて、さらなる快感が押し寄せる。ペニスを深く突き入れると、思いの丈を注ぎこんだ。

「はあああッ、す、すごいっ、あああああッ、はあああああああッ！」

女体に激しい震えが走り抜ける。麻里奈は慌てた様子で陽二郎の体にしがみつき、股間を艶めかしくしゃくりあげた。

「あああッ、い、いいっ、あぁあああああッ！」

絶頂へ昇りつめたのかもしれない。はじめてのセックスだが、女体は確実に感じていた。膣道はペニスをしっかり食いしめて、最後の一滴まで絞り出すように蠕動《ぜんどう》していた。

人生で最高の瞬間だった。

すべてを手に入れた気分だ。もう、ほかにほしいものはなにもない。麻里奈さえ居てくれれば、それだけで幸せだった。

深くつながったまま抱き合い、熱い口づけを交わした。

舌を深くからませながら、ふと頭の片隅で考える。本当に過去に戻ってきたのだろうか。

（いや、そんなことないよな……）

彼女の乳房や陰毛の形を覚えていたのは、きっと勘違いだろう。壮大な夢を見たと考えれば、すべて説明がつく話だ。

そのとき、枕もとに置いてあるクマのぬいぐるみが目に入った。

先日、デパートで散々迷って購入した物だ。ところが、新品のはずなのに、どこか色あせて見えた。しかも、ふわふわの毛のなかに、細かい土や枯れ草が入りこんでいる。

（お、おい……）

口づけを交わしたまま、手を伸ばしてクマのぬいぐるみにそっと触れた。毛がごわごわして、とても新品の感触とは思えない。そのとき、ぬいぐるみが倒れて、背中のファスナーがチラリと見えた。端がほんの少し開いており、白い紙切れがはみ出ていた。

「えっ……」

思わず唇を離してしまう。

ファスナーからのぞいているのは便箋ではないか。麻里奈が書いた手紙に違いない。ぬいぐるみが土と枯れ草で汚れているのは、お地蔵さまの前で地面に置いたからだ。

つまり、すべては現実のことだった。たった今、確信した。土曜日をリピートしたのも、そして過去に戻ってきたのも、実際に起きたことだったのだ。

(そうか……そうだったのか)

信じがたいことだが、信じるしかない。記憶がはっきりしているのは、やはり本当に体験したからだった。

(待てよ……覚えているのは俺だけなのか?)

過去に戻ることができたのは、麻里奈と陽二郎のふたりがお地蔵さまにお願いしたからだ。

ふたりの強い気持ちが合わさったことで、はじめて願いが叶った。ということは、麻里奈も条件は同じはずだ。

「陽二郎くん、どうしたの？」

麻里奈が手を伸ばしてくる。陽二郎の首に巻きつき、再びディープキスがはじまった。

「あンンっ……好き、好きよ」

あの麻里奈が甘くささやきながら、舌をからめて唾液をすすってくれる。つい先ほどまで処女だったとは思えないほど濃厚な口づけだ。

陽二郎も舌を吸い返しながら、先ほどのことを思い返す。

麻里奈はクマのぬいぐるみを何度も抱きしめたり、頭を撫でたりしていた。新品ではないことに気づいているはずだ。それなのに不思議がる様子はまったくなかった。

（記憶がある……のか？）

きっとそうなのだろう。

だが、あえて問い詰める必要はない気もする。ふたりの願いは叶った。そのことがなにより重要だ。

今日から二十歳の人生がスタートする。

麻里奈といっしょにやり直せるのだ。それを思うだけで、幸せすぎて熱い涙が溢れてしまう。気づくと麻里奈も涙で頬を濡らしていた。

ふたりは無言で見つめ合うと、舌を深く深くからめていった。

＊この作品は、書き下ろしです。また、文中に登場する団体、個人、行為などは実在のものとはいっさい関係ありません。

二見文庫

親友《しんゆう》の妻《つま》は初恋相手《はつこいあいて》

2021年 2月 25日　初版発行

著者　葉月奏太《はづきそうた》

発行所　株式会社 二見書房
東京都千代田区神田三崎町2-18-11
電話 03(3515)2311［営業］
03(3515)2313［編集］
振替 00170-4-2639

印刷　株式会社 堀内印刷所
製本　株式会社 村上製本所

落丁・乱丁本はお取り替えいたします。
定価は、カバーに表示してあります。

ISBN978-4-576-21014-8
https://www.futami.co.jp/

いきなり未亡人

HAZUKI,Sota
葉月奏太

ある晩、大きな地震で伸彦は飛び起きた。アパートの外に出てみると、外廊下に女性がうずくまっていた。そのうえ素っ裸！　とにかく部屋に入れると、彼女は夫を5年前に亡くしているという。そんな話を聞くうちに突然彼女に咥えられ……。これを機に、彼の周囲で淫らなことが頻発し――。気鋭が放つ驚愕の書下し官能エンタメ！

二見文庫の既刊本

もうひとりの妻

HAZUKI,Sota

葉月奏太

妻が旅行から帰宅した。 が、武彦の妻・有沙ではなかった。 にもかかわらず、妻としてふるまう女。妻の携帯にかけても、鳴るのは女の携帯。 静観を決めこんだその夜、迫られて「妻とは別人の女」との行為にのめり込んだ彼。 何が起きているのかを解明すべく、本当の妻を知る女性たちを訪ねていく先々で……。 今一番新しい形の書下し官能エンタメ!

二見文庫の既刊本

私の彼は左向き

HAZUKI,Sota
葉月奏太

ある日病室で目覚めた辰樹。看護師によると、半年間眠り続けていたという。弟の寅雄と交通事故にあい、彼の臓器を移植することで一命をとりとめたらしい。その後、カノジョとセックスするのだが、今までと変化が。時間をかけるようになり、さらに右向きだった肉茎が時に左になったかと思うと、違うセックスになるのだったが——最前線の官能エンタメ書下し！

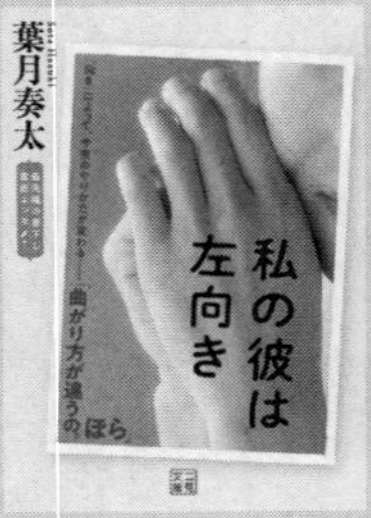